[英] 罗尔德·达尔 著
马爱农 译

跟动物说话的男孩

ROALD DAHL
MADNESS

浙江文艺出版社
Zhejiang Literature & Art Publishing House

果麦文化 出品

目 录

征服者爱德华

路易莎抓着一块抹布，走出房子后面的厨房门，来到沁着凉意的十月阳光里。

“爱德华！”她喊道，“爱德华！午饭做好了！”

她顿了顿，侧耳细听，然后走到草坪上，并顺着草坪继续往前走——身后跟着一个小小的影子——绕过玫瑰花坛，边走边用一根手指轻轻触碰着那个日晷。她是一个胖墩墩的矮个子女人，但走起路来非常优雅，脚步轻快活泼，肩膀和胳膊轻柔地摆动。她经过那棵桑树，走到砖路上，顺着砖路一直往前走，来到可以看见大花园尽头那一片坑洼处。

“爱德华！吃午饭！”

现在她能看见他了，约莫八十码[1]开外，在树林边坑洼处——那个瘦瘦高高的身影，穿着卡其布裤子和墨绿色运动衫，双手拿着耙子，在一堆大篝火旁边干活，把荆棘耙到大火堆顶上。火势熊熊，橘色的火焰跳动着，冒出乳白色的烟，烟飘回来笼罩花园，带

1 英美制长度单位，1 码等于 0.9144 米。

有一股秋天和焚烧落叶的好闻气味。

路易莎走下斜坡，朝丈夫走去。她如果愿意，完全可以再喊几声，让丈夫听见，但不知怎的，那堆美妙的大篝火似乎在吸引着她往前，她走得很近，能感觉到热浪扑来，能听到噼噼啪啪的声音。

“吃午饭。”她走上前去说。

“哦，是你。行——好的，我这就来。”

“这篝火真漂亮。”

“我决定把这地方彻底清理干净。”丈夫说，“这么多的荆棘，真让人厌烦透顶。”他的长脸上汗津津的，胡子上沾着无数细小的汗珠，就像露珠一样，两道汗水顺着他的喉咙淌下来，浸湿了运动衫的圆领。

“你最好当心点，别弄得太累了，爱德华。”

“路易莎，真希望你能别把我当成一个八十岁老人。活动活动腿脚不会有什么坏处。”

“是的，亲爱的，我知道。哦，爱德华！看！快看！”

男人转过身，看着路易莎，路易莎正指着篝火的另一侧。

“快看，爱德华！那只猫！”

一只很大的猫，颜色十分怪异，蹲在地上，离篝火那么近，有时候火舌似乎都舔到它身上了。它一动不动，脑袋偏向一侧，鼻子高高竖着，用冷冰冰的黄眼睛注视着男人和女人。

“它会被烧着的！”路易莎喊道，她扔下抹布，飞快地冲过去，用两只手抓起那只猫，抱着它迅速跑开，放在远离火焰的草地上。

“你这只疯猫。”她掸了掸双手，说道，“脑子发昏了吗？”

“猫知道自己在做什么。”丈夫说，“你永远不会看到一只猫在做自己不愿做的事。永远不会。”

“这是谁家的猫？你以前见过它吗？”

“没有，从没见过。这颜色真奇怪。”

猫已经蹲坐在草地上，正斜着眼睛打量他们。那双眼睛有一种模糊不清的内敛表情，似乎无所不知又满含抑郁，十分奇怪，鼻子周围透着一种极为含蓄的轻蔑，似乎看到这两个中年人——一个矮矮胖胖、脸蛋红润，另一个高高瘦瘦、满身是汗——是一件多少令人惊讶的事，但又完全无关紧要。作为一只猫，它的颜色确实非常罕见——纯银灰色，没有夹杂一点蓝色——而且猫毛很长，丝绸般柔顺。

路易莎弯下腰，抚摸它的脑袋。“你必须回家去。”她说，“乖乖地听话，回自己家里去吧。”

男人和妻子开始爬上坡，往家里走去。那只猫站起身，跟在后面，起初保持着一定的距离，但是慢慢地越挨越近。不一会儿，它就跟他们并排了，然后它跑在前面，领头穿过草坪，走向房子，看它走路的派头，似乎这片地方整个都属于它。它的尾巴直直地竖在空中，像一根桅杆。

“回家去，”男人说，“回家去。我们不收留你。”

可是，他们走进家门时，它跟他们一起进来了，路易莎在厨房里给了它一些牛奶。吃午饭的时候，它跳到他们俩中间那把空椅子上，脑袋只比桌面高出一点，那双深黄色的眼睛不停地慢慢从女人移向男人，再从男人移向女人，注视着整个用餐过程，直到结束。

“我不喜欢这只猫。”爱德华说。

“哦，我认为它是一只漂亮的猫。真希望它能留下来陪我们待一阵子。”

“你听我说，路易莎。这只猫不能留在这儿。它是别人的猫，走失了。如果它今天下午还想赖在这里不走，你最好把它送去交给警察。他们会帮它找到家的。”

吃过午饭，爱德华继续去收拾花园。路易莎像往常一样走向钢琴。她是一位出色的钢琴演奏者，是一位真正的音乐爱好者，几乎每天下午都会花一小时左右独自弹琴。那只猫此时躺在沙发上，路易莎走过时停下来抚摸了它一下。猫睁开眼睛，打量了她一会儿，然后又闭上眼睛，接着睡觉。

“你真是一只特别乖的猫，”路易莎说，“而且颜色这么漂亮。真希望我能留下你。”她用手指抚摸猫头上的皮毛，突然摸到一个小小的肿块，就在右眼上面一点。

“可怜的猫。”她说，“你这漂亮的脸上有肿块了。你一定上了年纪。”

她走过去，坐在长长的琴凳上，但并没有立刻开始弹琴。她有一个独特的小乐趣，就是把每天都当成开音乐会的日子，精心安排一份非常具体的节目单，然后再开始弹琴。如果弹完一曲还要停下来考虑下一曲该弹什么，就破坏了弹琴的乐趣，那是她绝对不愿意的。每一曲弹完后，她只需要一个短暂的停顿，让观众热烈鼓掌、大声叫好。幻想底下坐着观众真是太美妙了。偶尔她弹琴的时候——那是在运气好的日子里——房间会开始晃动、隐去、逐渐变暗，然后她就看到一排排的座椅，以及无数张白色的脸庞仰起来看着她，观众们听得全神贯注、如痴如醉。

她有时是凭记忆弹琴，有时是看着乐谱。今天她想只凭记忆，她愿意这样。节目单该怎么制定呢？她坐在钢琴前，一双小手叠放在大腿上，她是个面色红润的小胖子，有一张圆圆的、但仍很漂亮的脸，头发在脑后盘成一个整整齐齐的圆髻。她看了一眼右边，发现那只猫蜷在沙发上睡着了，在紫色沙发靠垫的衬托下，那银灰色的猫毛那么美丽。就用巴赫的曲子开头怎么样？或者，维瓦尔第的更好。巴赫改编的《D小调大协奏曲》，好的——这是第一支曲子。然后，也许可以来一点舒曼，《狂欢节》？那肯定很有趣。再往后——对了，弹点儿李斯特换换风格吧，挑一首《彼特拉克十四行诗》，就挑第二首——这是最美的一首——E大调。然后再来一点舒曼，就挑一支他的欢快曲目——《童年情景》。最后，作为返场曲目，挑一支勃拉姆斯的圆舞曲，如果到时候感觉好，说不定会弹两支。

维瓦尔第、舒曼、李斯特、舒曼、勃拉姆斯。一份很漂亮的节目单，她可以不看乐谱，轻松地弹下来。她把身体往钢琴前凑了凑，停顿了一下，等待观众席里的某个人——她已经感觉到今天是一个运气好的日子——等待观众席里的某个人最后咳嗽一声。然后，带着几乎伴随着她一举一动的那种舒缓和优雅，她把双手笼在琴键上，开始弹琴。

在那特定的时刻，她并没有看着那只猫——实际上，她已经忘记了猫的存在——但是，当维瓦尔第的第一组深沉的音符在房间里轻柔地响起时，她通过眼角的余光注意到，她右边的沙发上突然出现一片忙乱、一阵闪动。她立刻停止弹琴，“怎么回事？”她说，把目光转向那只猫，“出什么事了？”

那只猫几秒钟前还睡得很香，此刻在沙发上坐得笔直，神情十分机警，它的全身都在颤动，耳朵竖起，眼睛睁得大大的，紧盯着钢琴。

“我吓着你了吗？”路易莎温和地问，“也许你以前从没听过音乐。”

“不，”她对自己说，“我认为不是这样。”她又想了想，觉得猫的反应不像是出于恐惧，它没有瑟缩，也没有后退。要说有什么不同，反而是它向前探过身，表现出一种热切，而且那张脸——是啊，那张脸上的表情相当奇怪，似乎混杂着惊讶和错愕。当然啦，一只猫的脸很小，几乎没有什么表情，但是如果你仔细观察眼睛和耳朵的同步动作，特别是一侧耳朵下面那一小块活动的皮肤，你就能偶尔看到非常强烈的情感反应。路易莎此刻密切地注视着这张脸，接着，因为她好奇地想看看第二次会有什么反应，就把双手放到琴键上，又开始弹那首维瓦尔第。

这次，猫已经有所准备，一开始只是身体绷得更紧了点，但随着音乐逐渐饱满、加速，进入赋格曲引子第一段的激越节奏，一种奇怪的、渐渐升华为狂喜的神情开始出现在猫的脸上。它的两只耳朵刚才就直直地竖了起来，此刻慢慢往后缩，眼睑低垂，脑袋偏到一边。在这一刻，路易莎可以发誓这只猫真是在欣赏音乐。

她看见的（或者她以为自己看见的）是她多次在那些全神贯注地听一段音乐的人们脸上看到过的神情。当音乐完全把他们吸引住，使他们沉溺其中时，他们脸上就会出现一种独特的、极度兴奋的表情，像微笑一样很容易识别。就路易莎所见，这只猫现在就几乎完全是这样一副表情。

路易莎弹完了赋格曲，开始弹西西里舞曲，她一直留神注视着沙发上的猫。音乐停止时，她终于得到了猫在听音乐的最后证据。猫眨眨眼睛，活动了一下身体，伸了伸一条腿，换了一种更舒服的姿势，快速地扫了一眼房间，然后期待地看着路易莎这边。这完全就是一个常去听音乐会的人，在交响乐的两个乐章之间的空隙暂时放松下来的样子。这做派活脱脱像个人，使她胸口产生了一种焦躁的感觉。

“你喜欢这个？”她问，“你喜欢维瓦尔第？”

话一出口，她就感觉到荒唐，但是并没有——这么说她有点儿阴险——并没有她原来以为会感觉到的那样荒唐。

好吧，暂时不管这个，还是接着弹奏节目单上的第二支曲子吧，那是《狂欢节》。她刚开始弹，猫就又绷紧身体，坐得笔直。然后，它慢慢地、满怀喜悦地被音乐所笼罩，陷入那种古怪的、忘乎所以的情绪，似乎跟溺亡和做梦有关。这只银灰色的猫坐在沙发上，被音乐弄得这样心醉神迷，这真是夸张的一幕，也是滑稽的一幕。更加诡异的是，路易莎心想，猫看似如此喜爱的这支曲子其实非常深奥、非常古典，是世界上大多数人都无法欣赏的。

也许，她想，猫并不是在欣赏音乐。也许，这只是一种催眠反应，就像蛇那样。是啊，既然能用音乐给一条蛇催眠，猫为什么不行呢？但成千上万的猫每天都在收音机、留声机和钢琴上听到这些音乐，而据她所知，从来没有哪只猫做出这只猫这样的行为。看这只猫的反应，它似乎在专心欣赏每一个音符呢。这真是一件匪夷所思的事。

但这不同时也是一件十分奇妙的事吗？确实如此。是啊，除非她弄错了，这简直就是个奇迹啊，是那种一百年才会出现一次的动物奇迹。

“我看得出你喜欢这支曲子。”曲子弹完后，她说道，“真是对不起，我今天弹得不太好。你最喜欢哪一支——是维瓦尔第的还是舒曼的？”

猫没有回答，于是，路易莎生怕失去这位听者的注意力，赶紧开始弹节目单上的下一支曲子——李斯特的《彼特拉克十四行诗》

第二首。

这时，一件非常反常的事情发生了。她刚弹了三四个小节，猫的胡须就开始明显地抽搐。它慢慢地把身体挺得格外笔直，把头偏向一边，接着又偏向另一边，用一种凝神蹙眉的神情盯着前面，似乎在说："这是什么？别告诉我。我对它太熟悉了，只是一时好像有点想不起来。"路易莎被迷住了，她半张着小嘴，微笑着，继续弹奏，等着看接下来到底会发生什么事。

猫站起来，走到沙发的一头，又坐下了，接着听了一会儿。随后它突然跳到地板上，噌地一下蹿上了琴凳，坐在她身边，专心致志地听着这首优美的十四行诗，此时它已不再如梦如醉，而是非常警醒，那双大大的黄眼睛盯着路易莎的手指。

"结束！"路易莎说着，弹出最后一个和弦。"怎么，你过来坐在我身边了，是吗？跟沙发相比，你更喜欢这里？好吧，我就让你留在这儿，但你必须一动不动，不许乱蹦乱跳。"她伸出一只手，轻轻抚摸猫的后背，从脑袋一直摸到尾巴。"刚才是李斯特。"她继续说道，"听着，他有的时候庸俗得可怕，但是在这一类曲子里，他真的很有魅力。"

她开始喜欢这种奇怪的动物哑剧了，于是便接着弹节目单上的下一支曲子：舒曼的《童年情景》。

刚弹了一两分钟，她就意识到猫又挪了窝，此刻已回到沙发上的老地方。她刚才一直注视着自己的手，大概就是因为这点没注意到猫的行为。不过，猫的动作肯定是极为迅捷而无声的。猫仍然盯着她看，仍然一副专心聆听音乐的样子，可是在路易莎看来，它不像刚才听前一支李斯特的曲子时那样充满狂热的激情了。而且，离开琴凳、回到沙发，这本身就是表示一种委婉而坚决的失望。

"这是怎么了？"一曲终了，她问，"舒曼有什么问题？李斯特有那么神奇吗？"猫用两只黄色的眼睛直盯着她，眼睛中间有一道漆黑的小竖条。

路易莎对自己说，事情真的开始变得有趣了——仔细想想，还有那么一点诡异可怕。但是她看了一眼坐在沙发上的猫，它那么机敏、那么专注，显然正等着听更多的音乐，于是她很快放下心来。

"好吧。"她说，"我把我的打算告诉你。我要专门为你调整我的节目单。你看上去这么喜欢李斯特，我就再给你弹一支吧。"

她迟疑着，在记忆中搜寻李斯特的代表作，然后开始轻轻弹奏《圣诞树》的十二首小作品之一。她一边弹，一边非常密切地注视着那只猫，首先她注意到猫的胡须又开始抽搐了。猫从沙发跳到地毯上，一动不动地站立片刻，偏着脑袋，浑身兴奋地颤动，然后，它迈着缓慢、柔滑的步子，绕过钢琴，一下子跳上琴凳，坐在了她身边。

就在这个时候，爱德华从花园回来了。

"爱德华！"路易莎喊道，一跃而起，"哦，爱德华，亲爱的！听听这个！听听发生了什么事！"

"又怎么啦？"爱德华说，"我想喝点茶。"他长着一张有着尖鼻子的窄脸，脸色微微有些发紫，整张脸上汗津津的，汗珠像一粒粒湿漉漉的长葡萄。

"是这只猫！"路易莎喊道，指着静静坐在琴凳上的猫，"你等着听刚才发生了什么吧！"

"我记得我叫你把它交给警察的。"

"可是，爱德华，听我说。这简直太让人兴奋了。这是一只懂音乐的猫。"

“哦，是吗？”

“这只猫能欣赏音乐，而且能理解音乐。”

“好了，别再胡言乱语了，路易莎，看在上帝的分上，快去沏点茶吧。我在外面砍荆棘、生篝火，早就又热又累了。”他在一张扶手椅里坐下，从身边的盒子里取出一支烟，用盒子旁边一个硕大的漆皮打火机把烟点燃。

“你还不明白呢，”路易莎说，“你在外面的时候，我们家里发生了一件特别令人兴奋的事情，一件可以说是……嗯……简直是了不得的大事。”

“对此我毫不怀疑。”

“爱德华，拜托！”

路易莎站在钢琴旁，粉红的小脸比往常更红，两边面颊上各泛起一抹深红色。“如果你真的想知道，”她说，“我就把我的想法告诉你。”

“我听着呢，亲爱的。”

“我认为，我们此时此刻可能面对着——”她停住话头，似乎突然意识到这个想法的荒谬。

“什么？”

“你可能认为很荒唐，爱德华，但我真是这么想的。”

“看在上天的分上，我们面对着谁？”

“面对着弗朗兹·李斯特本人！”

她的丈夫缓缓地使劲抽了一口香烟，把烟喷向天花板。他皮肤紧绷，面颊凹陷，就像一个戴了多年全口假牙的人，每吸一口烟，面颊都陷得更深一点，脸上的骨头突出，活像一具骷髅。“我不明白。”他说。

“爱德华，听我说。根据我今天下午亲眼看到的情形，这真的可能是某种转世轮回。”

“你是说这只讨厌的猫？”

“求求你别这么说话，亲爱的。”

“你没生病吧，路易莎？”

“我一切都好，非常感谢。我只是有点儿迷糊——这一点我承认，但谁经历了这样的事情，会不犯迷糊呢？爱德华，我向你发誓——”

“请问，到底发生了什么事？”

路易莎告诉了他。当她说话的时候，丈夫四仰八叉地躺在椅子里，两条腿伸在前面，吸着香烟，把烟喷向上面的天花板。他嘴角含着一丝讥讽的笑。

“我没看出这有什么不同寻常的。”路易莎讲完后，他说，“没什么大不了——这是一只会耍把戏的猫。它学会了耍把戏，仅此而已。”

“别说傻话了，爱德华。每次我一弹李斯特，他就兴奋不已，跑过来挨着我坐在琴凳上。但是只有李斯特。没有人能教一只猫懂得李斯特和舒曼的区别。就连你自己也搞不清。可是这只猫每次都这样。就连李斯特比较含蓄的曲子也不例外。”

“两次，”丈夫说，“他只这么做了两次。”

“两次就够了。”

“我们再看他做一次。来吧。”

“不，”路易莎说，“绝对不行。如果他真是李斯特——我相信是的，或者是李斯特的灵魂什么的回来了，那么，绝对不应该让他做一大堆荒唐的测试，这甚至是很不人道的。”

“我亲爱的夫人！这是一只猫—— 一只相当愚蠢的灰猫，今天上午在花园里差点儿被篝火烧掉了皮毛。而且，关于转世轮回你又知道些什么？”

“只要他的灵魂在，对我来说就足够了。”路易莎坚决地说，“那才是最重要的。”

“那么好吧。我们来看看他的表演。我们来看看他怎么区分他自己的东西和别人的东西。”

“不，爱德华。我刚才对你说过了。我拒绝让他再做荒唐的马戏团测试。他这一天的表现已经够了。不过我会告诉你我要做什么。我要再给他弹一些他自己的音乐。”

“那很能证明问题。”

“你仔细看着。有一点是确定的—— 他一听出是哪支曲子，就不会再肯离开他现在坐的那张琴凳。”

路易莎走到乐谱书架前，拿下一本李斯特作品，快速地翻了翻，挑选了他的另一支练习曲—— B小调奏鸣曲。她本来只想弹作品的第一部分，可是开始之后，她看到猫坐在那里喜悦得浑身发颤，用那种热烈而专注的眼神盯着她的双手，她就不忍心停止了。她把整支曲子弹完。然后，她抬头看了一眼丈夫，微微笑了。“怎么样？”她说，“你不能否认他绝对热爱这支曲子。”

“他只是喜欢这声音，仅此而已。”

“他热爱这曲子。是不是啊，亲爱的？”她说着，把猫抱到了怀里。“哦，天哪，如果他能说话该多好啊。想想吧，亲爱的——他年轻的时候见过贝多芬！他认识舒伯特、门德尔松、舒曼、柏辽兹、葛利格、德拉克洛瓦、安格尔、海涅和巴尔扎克。而且，让我想想……我的天哪，他还是瓦格纳的岳父！我怀里居然抱着瓦格纳的岳父！”

“路易莎！”她丈夫严厉地说道，并一下子坐得笔直，“镇定一点。”他声音里有一种新的情绪，说话嗓音也提高了。

路易莎飞快地抬头看了她丈夫一眼。“爱德华，我认为你是在嫉妒！”

“哦，当然，我当然是在嫉妒——嫉妒一只讨厌的灰猫！”

“那就别这么一副脾气暴躁、尖酸刻薄的样子。如果你一直是这个态度，最好还是回去干你的园丁活儿，让我们两个清清静静地待着。这对我们大家都好，是不是呀，亲爱的？”她一边对猫说着，一边抚摸着它的脑袋。“今天晚上，我们一起再欣赏一些音乐，你和我，再挑几个你自己的作品。哦，对了，”她说，在猫的脖子上亲了几口，“我们还可以弹一点肖邦。你不用告诉我——我碰巧知道你喜爱肖邦。你曾经跟他是亲密的朋友，是不是，亲爱的？实际上——如果我没有记错的话——你就是在肖邦的公寓里认识了你生命中的真爱，某某某夫人。还跟她有了三个私生子，是不是？没错，没错，你这个淘气的家伙，你可不许否认。所以，你还要听一些肖邦，”她说着，又亲了亲猫，“那可能会让你回忆起各种美好的往事，是不是？”

“路易莎，立刻给我停止！”

“哦，别这么古板，爱德华。”

“你的表现像个十足的白痴，女人。而且，你忘了我们今晚要出去，要到比尔和贝蒂家去打牌。”

“哦，但我现在不可能出去了。这是毫无疑问的。”

爱德华慢慢从椅子里站起身，然后弯下腰，把香烟用力捻灭在烟灰缸里。“跟我说实话吧，”他轻声说，“你不是真的相信这些——相信你说的这些胡言乱语吧？”

“我当然相信。我想现在这已经没有任何疑问了。而且，我认为这赋予了我们一种非同小可的责任，爱德华——赋予了我们俩。你也有份。”

“你知道我怎么想吗？”爱德华说，“我认为你应该去看医生。越快越好。”

说完，他便转过身去，大步走出了房间，跨过落地长窗，回到了花园。

路易莎注视着他大步走过草坪，走向他的篝火和他的荆棘，她一直等到他在视野中消失，然后转过身，跑向前门，怀里仍然抱着那只猫。

她很快地钻进车里，驱车到镇上去。

她把车停在图书馆门前，把猫锁在车里，匆匆登上大楼的台阶，径直朝参考书阅览室走去。她开始搜寻两大类图书的卡片——转世轮回和李斯特。

在转世轮回的类别中，她找到一本《生命轮回——寻踪探秘》，作者是密尔顿·威利斯，出版于一九二一年。在李斯特的类别中，她找到两本传记。她把这三本书都借了出来，返回车里，开车回家。

回到家中，她把猫放在沙发上，拿着三本书坐在猫的旁边，准备认真地读一读。她决定先读密尔顿·威利斯的那本书。书不厚，还有点脏，但拿在手里感觉沉甸甸的，作者的名字有一种很权威的味道。

她读到，转世轮回之道，是灵魂不断进化到更高的动物形式。

> 例如，人不可能重生为一个动物，就像成年人不会重新变成小孩子一样。

她把这段话又读了一遍。但他是怎么知道的呢？他怎么能这么肯定呢？不可能。这样的事情，谁也不可能有百分之百的把握。然而，下面这段话又使她大为泄气。

> 在我们每个人的意识核心周围，除了愚钝的外部身体，还有另外四种身体，肉眼不可见，但是那些对于超物质世界事物的感知能力格外强大的人，却完全能看见……

她完全不知所云，但坚持往下读，很快，她读到了有趣的一段，说的是一个灵魂通常要离开人间多长时间才能进入别人的身体，轮回转世。灵魂种类不同，时间长短也不一样，威利斯先生给出了下面这个分类表：

> 酒鬼和失业者40—50年
> 非技术工人60—100年
> 技术工人100—200年
> 资产阶级200—300年
> 中上阶层500年
> 最高阶层的乡绅600—1000年
> 启蒙道路上的人1500—2000年

她立刻查了查另外两本书中的一本，弄清李斯特死了多长时间。书上说李斯特于一八八六年死于拜罗伊特。那就是六十七年前。那么，根据威利斯先生的说法，这么快就转世轮回的必须是一位非技术工人。那似乎根本对不上。另外，她认为作者的分类法不太合理。根据他的分类，“最高阶层的乡绅”差不多是人间最高等级的生灵了。可那些人穿红夹克、喝饯行酒、野蛮残酷地虐杀狐狸。不，她想，那不对。发现自己对威利斯先生开始产生怀疑，她很高兴。

她在书的后面还读到一份名单，是一些比较著名的转世轮回实例。书上说，埃皮克提图作为拉尔夫·瓦尔多·爱默生返回了人间；西塞罗变成格莱斯顿回归，阿尔弗雷德大王变成维多利亚女王，征服者威廉变成基奇纳勋爵；公元前二十七年的印度国王阿育王，变身为亨利·斯蒂尔·奥尔科特上校——一位受人尊敬的美国律师；毕达哥拉斯回归时成了库图弥大师，就是那位跟布拉瓦茨基夫人和奥尔科特上校（那位受人尊敬的美国律师，又名印度的阿育王）一起创办了通神学会的人。书上没说布拉瓦茨基夫人曾经是谁。不过它说“西奥多·罗斯福”——

> 作为举足轻重的领袖人物多次转世轮回……古代迦勒底皇家后裔就是由他始传，大约公元前30000年，他被时任波斯统治者的恺撒大帝任命为迦勒底总督……罗斯福和恺撒大帝多次转世轮回为军事和行政领导人，好几千年前的一次，他们曾为一对夫妻……

路易莎不用再往下看了，密尔顿·威利斯显然是在胡编乱猜。她认为他那些自以为是的断言都不可信。这家伙的路子可能是对的，但是他的断言太夸张了，特别是第一条关于动物的。很快，她就能拿出人可以托生为低等动物的证据，驳倒整个通神学会。而且，能够在一百年内转世轮回的，不一定必须是一位非技术工人。

她拿起李斯特的一本传记，随意地扫了几眼，这时她丈夫就从花园回来了。

“你又在做什么？”他问。

“哦——只是随便查点东西。听我说，亲爱的，你知道西奥多·罗斯福曾经是恺撒大帝的妻子吗？”

“路易莎，”爱德华说，“我说——我们是不是别再谈这些疯话呢？我不愿意看到你这样闹笑话。快把那只该死的猫给我，我亲自送到警察局去。”

路易莎似乎没有听见他的话。那本书放在她腿上，她盯着书上李斯特的一张肖像，吃惊地张开了嘴。“哦，上帝！”她喊道，“爱德华，快看！”

“什么？”

“你看！他脸上的肉瘤！我都把它们忘记了！他脸上有这些大肉瘤，这是一件人人都知道的事。他的学生甚至故意在自己脸上同样的地方留出一撮撮小胡子，就是为了模仿他。”

“这跟这件事有什么关系？”

“没什么关系。我的意思是说，跟那些学生没关系，但是跟肉瘤有关系。”

“哦，上帝。”男人说，“哦，万能的上帝啊。”

“这只猫也有肉瘤！看，我指给你看。”

她把猫抱到腿上，开始仔细检查它的脸。“找到了！这儿有一个！这儿还有一个！等一等！我相信它们是在同样的位置！那张照片呢？”

那是音乐家老年一张很出名的肖像，精致而刚毅的脸，浓密的灰色长发盖住他的耳朵，一直垂到脖子上面。那张脸上的每一个大肉瘤都被忠实地复制了出来，一共有五个。

“看到吗，肖像的右眉毛上面有一个。”她端详着猫的右眉毛上面，“没错！在这儿呢！位置完全一样！左边还有一个，在鼻子尖上。这儿也有！下面还有一个，就在面颊上。还有两个挨得比较近的，在右侧下巴的底部。爱德华！爱德华！快来看啊！完全一模一样。”

“这证明不了什么。”

她抬头看着丈夫，丈夫站在房间中央，穿着绿色运动衫和卡其布裤子，仍然在大量出汗。“你害怕了，爱德华，是不是？你害怕失去你那宝贵的面子，害怕人们觉得你平生第一次出了洋相。”

“我不愿意为这事失去理智，仅此而已。”

路易莎把目光转回书上，开始继续往下读。“真有趣，”她说，“这里写着李斯特热爱肖邦的所有作品，只有一个例外——降B小调诙谐曲。他似乎很讨厌这支曲子，称之为‘家庭教师诙谐曲’，说应该把它只留给那个行业的人。”

“那又怎么样？”

“爱德华，听我说。既然你一味坚持这种讨厌的态度，我不妨告诉你我要做什么。我现在就来弹这支诙谐曲，你可以留在这里，看看会有什么反应。”

“然后你大概就肯屈尊给我们做点晚饭了。”

路易莎站起身，从书架上抽出一本绿色大厚书，里面收了肖邦的所有作品。“有了。哦，没错，我记得它。确实很难听。好了，仔细听——准确地说，是仔细看。留意他的反应。”

她把乐谱放在钢琴上，坐了下来。她丈夫仍然站着，双手插在口袋里，嘴里叼着香烟，眼睛不由自主地盯着那只正在沙发上打盹的猫。路易莎开始弹琴，最初的效果跟以前一样非常戏剧化。猫突然跳了起来，好像被蜇了一下似的，一动不动地站了至少一分钟，耳朵竖起，整个身体微微颤抖。然后，它变得坐立不安，开始在沙发上来来回回地走。最后，它跳到地板上，鼻子和尾巴都翘得高高的，它昂首阔步，慢慢地走出了房间。

“看到了吧！”路易莎大喊一声，跳起来去追它，“成功了！确实得到了证明！”她把猫抱回来，重新放在沙发上。她兴奋极了，整个脸上容光焕发，两个拳头攥得发白，后脑勺上的小发髻松了，歪到了一边。“怎么样，爱德华？你还有什么话可说？”她说话时发出紧张的笑声。

“我不得不说，确实蛮好笑的。”

“好笑！我亲爱的爱德华，这是有史以来最奇妙的一件事！哦，我的天哪！”她喊道，又把猫抱起来，紧紧搂在胸口，“想想吧，弗朗兹·李斯特住在我们家里，是不是太美妙了？”

“好了，路易莎。别这么歇斯底里。”

“我忍不住，我就是忍不住。想象一下吧，他要永远跟我们生活在一起了！”

“你说什么？”

“哦，爱德华！我兴奋得说不出话来。你知道我接下来要做什么吗？全世界的每个音乐家都想要来拜见他，这是肯定的，向他打听他认识的那些人——贝多芬啊、肖邦啊、舒伯特啊——”

“他不会说话。”丈夫说。

“那个—— 好吧。但他们还是想来拜见他，就为了能看见他，抚摸他，弹奏他们的音乐给他听，那些是他以前从未听到过的现代音乐。”

“他没有那么伟大。话说，如果是巴赫或者贝多芬……”

“别打断我，爱德华，拜托。所以，我要通知世界各地所有活着的重要作曲家。这是我的责任。我要告诉他们，李斯特在这里，我要邀请他们来拜访他。然后，你知道吗？他们会从世界的各个角落飞过来。”

“就为了看一只灰猫？”

“亲爱的，这没什么两样。就是他。谁也不会在意他看上去什么样。哦，爱德华，这会成为有史以来最激动人心的事！”

“他们会认为你疯了。”

“你就等着瞧吧。”她把猫抱在怀里，温柔地抚摸着，眼睛却看着她的丈夫，爱德华此刻走向落地长窗，站在那里朝花园眺望。暮色正在降临，草地慢慢地由绿色转为黑色，远处，能看见他的篝火冒出一股白烟，袅袅升入空中。

“不，”他头也不转地说，“我不同意。不同意在这个家里搞这一套。那样的话，我们俩都成了十足的傻瓜。”

“爱德华，你是什么意思？”

“就是这个意思。我绝对不允许你把这样一件蠢事搞得沸沸扬扬。你只是碰巧找到了一只会要把戏的猫。好—— 没问题。如果你愿意，就养着它好了。我没意见。但我不希望你再闹出别的花样。你明白吗，路易莎？”

“闹出什么花样？”

“我不想再听到这些胡言乱语。你的表现像个疯子。”

路易莎慢慢地把猫放在沙发上。然后她慢慢地尽量挺直矮小的身体，往前跨了一步。“你真该死，爱德华！”她跺着脚，大声喊道，“在我们的生活里，破天荒第一次出现了一件真正激动人心的事，可是你却吓得要死，不敢跟它扯上关系，生怕别人会笑话你！是这么回事吧？你无法否认，是不是？”

“路易莎，”她丈夫说，“不要再闹了。赶紧镇静下来，立刻停止吧。”他走过来，从桌上的匣子里拿了一支香烟，用那个硕大的漆皮打火机把烟点燃。他的妻子站在那里注视着他，此刻泪水已经开始从她眼角流出来，把面颊上的香粉冲出两条亮晶晶的痕迹。

“最近我们的这种场面太多了。”爱德华说，“不，不，别打断我。听我说。我充分考虑到，这可能是你人生中的一个尴尬时期，而且——”

“哦，我的上帝！你这个白痴！你这个自大的白痴！你难道看不出这是不一样的，这是——这是一个奇迹吗？这点你难道看不出来吗？”

这时，他从房间那头走过来，用力抓住她的双肩。他唇间叼着刚点燃的香烟，她隐约看到他皮肤上有大量出汗被吹干后的斑斑印迹。“听着。”他说，“我饿了。我放弃了打高尔夫球，一整天都在花园里干活，现在又累又饿，想吃一些晚饭。你也是。赶紧到厨房去，给我们俩弄点好东西吃吃。”

路易莎退后一步，用两只手捂住了嘴。“我的天哪！”她喊道，“我完全忘记了。他一定早就饿坏了。他来了后只喝过几口牛奶，我什么也没有给他吃。”

“谁？”

“哎呀，当然是他。我必须立刻去做一些很不一般的东西。我真希望知道他以前最爱吃的菜是什么。你认为他最喜欢吃什么呢，爱德华？”

“该死，路易莎！”

“好了，爱德华，拜托。那么我就按我的方式去做吧。你待在这里。”她一边说着，一边弯下腰，用手指轻轻碰了碰猫，“我很快就回来。”

路易莎走进厨房，站了一会儿，考虑做什么特色美食。蛋奶酥怎么样？一道美味的奶酪蛋奶酥？没错，那肯定很有特色。当然啦，爱德华不太爱吃，但那也没办法。

她的厨艺只是差强人意，对蛋奶酥做出来的效果一向没有把握，但这次她格外用心，等了很长时间，确保炉子完全加热到合适的温度。蛋奶酥烤着的时候，她到处寻找跟它相配的东西，突然想到李斯特可能一辈子都没尝过鳄梨和西柚，于是决定给他把这两样同时做在沙拉里。到时候观察他的反应会很有意思。肯定。

一切就绪，她把美食放在托盘上，端进了客厅。就在她进来的那一刻，她看见丈夫从花园跨过落地长窗进来了。

“这是他的晚饭。”路易莎说，把托盘放在桌上，朝沙发转过身来，“他在哪儿？”

丈夫进来后，关上花园的门，走到房间这头，给自己拿香烟。

“爱德华，他在哪儿？”

“谁？”

“你明知道是谁。”

“啊，是的。是的，没错。好吧——我告诉你。”他俯身点烟，双手拢住那个硕大的漆皮打火机。他抬头扫了一眼，发现路易莎正看着他——看着他的鞋子和卡其布裤子的裤脚，因为在长长的草地上走过，鞋子和裤脚都沾湿了。

“我刚才去看看那堆篝火怎么样了。”他说。

她的目光慢慢往上抬，停在他的双手上。

“仍然烧得很好。”他继续说，“我认为烧一整夜没问题。”

然而，她盯着他的那种眼神使他感到了不安。

“怎么啦？”他说，放下了打火机。然后他垂下目光，第一次注意到自己一只手背上那道斜斜的、又长又细的抓痕，从指关节一直延伸到手腕。

“爱德华！”

“是的，”他说，“我知道。那些荆棘太可怕了。简直能把你撕成碎片。喂，等一下，路易莎。出什么事了？”

“爱德华！”

“哦，看在上帝的分上，女人，快坐下来，保持冷静。没有什么好激动的。路易莎！路易莎，坐下！”

首次发表于《纽约客》 1953.10.31

卡蒂娜

英国皇家空军战斗机飞行员
在首次希腊战役最后几天的笔记

彼得先看见了她。

她坐在一块石头上，一动不动，双手放在腿上。她两眼失神地盯着前面，却什么也看不见，周围的小街上，人们提着一桶桶水来回奔跑，把水泼进正在燃烧的房屋的窗户里。

街对面的鹅卵石地面上，有一个死去的男孩。有人把他的尸体挪到了一边，以免挡路。

再往前一点，一个老头子在一堆碎石瓦砾上忙碌着。他把石头一块块搬起来，扔到一边。他不时伏下身去，盯着废墟里看，一遍遍地呼喊一个名字。

周围到处都是喊叫、奔跑、火焰、水桶和灰尘。女孩静静地坐在石头上，茫然盯着前方，一动不动。她的左脸在流血。血从额头淌下，又从下巴滴到身上那件脏兮兮的印花裙上。

彼得看见了她，说道：“看那个小姑娘。”

我们朝她走去，芬把一只手放在她肩膀上，弯下腰去检查伤口。“好像是一块弹片。”他说，“应该让她去看医生。”

我和彼得用我们的手搭了一把椅子，芬把小姑娘抱起来放在上面。我们返身穿过街道，朝停机坪走去，我们俩脸对着小姑娘，弯着身，走得有点吃力。我可以感觉到彼得用手指紧紧抓着我的手，我可以感觉到小姑娘的屁股轻轻坐在我的手腕上。我在左边，血从她的脸上滴到我飞行服的袖子上，滑过防水的布料，落在我的手背上。小姑娘一直没有动弹，也没有说话。

芬说：“她失血很多。我们最好走快一点。”

她在流血，所以我不怎么看得清她的脸，但可以看出她很可爱。高高的颧骨，一双圆圆的大眼睛，是金秋天空一样的浅蓝色，她的黄头发剪得短短的。我猜她大约九岁。

这是一九四一年四月初，在希腊的帕拉米夏。我们的战斗机中队驻扎在村庄附近一片泥泞的场地。我们位于一个很深的山谷，周围都是大山。寒冷的冬天已经过去，现在，几乎在不知不觉之中，春天已经来了。它悄悄地、迅速地到来，融化了湖里的冰，拂去了山顶上的积雪；在整个停机坪上，都能看见嫩绿色的青草从泥泞里萌出，为我们的着陆铺了一层软毯。在我们的山谷里，有温暖的春风和朵朵的野花。

德国人几天前横扫了南斯拉夫，目前正在调集武力，那天下午，空中飞来大约三十五架道尼尔战斗机，轰炸了这个村庄。我和彼得、芬当时没有任务，于是我们三个就到村里去看看能不能做一些救援工作。我们花了几小时在废墟里挖掘，帮村民把火扑灭，就在返回的途中，看见了那个小姑娘。

当时，我们快要靠近停机坪了，可以看见飓风战斗机盘旋着准备降落，医生走出来站在疏散帐篷前面，看是否有人受伤，这是他应尽的职责。我们架着孩子朝他走去，芬领先我们几米，说道：“医生，你这个老懒鬼，你的活儿来了。”

医生很年轻、很随和，不喝酒的时候有些忧郁。一旦喝醉了酒，唱歌非常好听。

“把她送进医务室。”他说。我和彼得把小姑娘架进去，放在一把椅子上。我们把她留在那儿，出来转到疏散帐篷那儿，看看小伙子们情况怎么样。

天已经开始变黑了。太阳在西边的山脊上沉落，一轮满月缓缓升上天空，那是轰炸者的月亮。月光映照着帐篷的斜顶，使它们泛出白色。小小的白色金字塔，挺身而立，三五成群、整整齐齐地聚在停机坪的边缘。它们聚在一起的样子，有点像受了惊吓的绵羊，而它们彼此靠得很近的样子，又有点像人类，似乎它们知道即将大祸临头，似乎有人警告过它们可能会被忘却、会被抛弃。就在我注视它们的时候，我似乎看见它们在移动，又稍稍聚集得更近了些。

紧接着，悄悄地，毫无声息地，大山朝我们的山谷偷偷靠近了一点。

接下来的两天，飞行任务频繁。天蒙蒙亮就起床、飞行、作战、睡觉，接着军队撤退了。除此之外没什么好说的，或者，也没有时间说更多的。但是到了第三天，乌云笼罩了大山，飘进了山谷。天下雨了，于是我们都坐在炊事帐篷里，喝啤酒和当地的酒，雨点砸在帐篷顶上，发出缝纫机一般的声响。然后吃午饭。整个中队的人都在场，这是好几天来的第一次。十五位飞行员坐在一张长桌两边的板凳上，队长瘦猴坐在桌首。

我们的烤咸牛肉刚吃到一半，帐篷的帘子突然被掀开，医生走了进来，头上顶着一件滴水的大雨衣。雨衣下面和他站在一起的，正是那个小姑娘。她头上缠着绷带。

医生说：“你们好。我带来一位客人。”我们扭过头，突然，我们下意识地全都站了起来。

医生脱掉雨衣，小姑娘站在那里，双手垂在身体两侧，看着这些男人，男人们也都看着她。她那浅黄色的头发、白皙的皮肤，比我见过的任何人都更不像一个希腊人。十五个肮脏粗糙的外国人看见她进来都突然站起身，使她受了不小的惊吓，一时间，她半转过身，似乎想要逃到外面的大雨中。

瘦猴说：“你好，你好啊。过来坐下吧。”

“说希腊语。”医生说，“她听不懂的。”

我和芬、彼得互相对视着，芬说：“天哪，这是我们的那个小姑娘。干得不错，医生。”

小姑娘认出了芬，她走过来，绕到芬站的地方。芬牵起她的手，领她坐到板凳上，然后其他人也都坐了下来。我们给了她一些烤咸牛肉，她慢慢地吃着，一直低垂眼睛看着自己的盘子。瘦猴说：“把佩里克利叫来。”

佩里克利是中队里的希腊翻译官。他是我们在亚尼纳找到的一个出色的男人，当时他是地方学校的老师。战争打响以后，他就失业了。“孩子们不来上学了。”他说，“他们都在山里打仗。我总不能教石头学算术吧。”

佩里克利进来了。他是个老人，留着胡子，鼻子又长又尖，有一双忧伤的灰眼睛。你看不见他的嘴，但是他说话时，他的胡子显出一丝笑意。

“问她叫什么名字。”瘦猴说。

他用希腊语对小姑娘说了句什么。小姑娘抬起头，说："卡蒂娜。"她只说了这三个字。

"听我说，佩里克利，"彼得说，"问问她坐在村里的废墟堆上做什么。"

芬说："看在上帝的分上，放过她吧。"

"问她，佩里克利。"彼得说。

"我该问什么呢？"佩里克利皱起了眉头问道。

彼得说："你问我们发现她的时候，她为什么坐在村里的废墟堆上。"

佩里克利挨着小姑娘在板凳上坐下，又对她说话。他语气温和，而且你可以看出他说话时胡子在微笑，在鼓励她。小姑娘听着，似乎过了很长时间才回答。她只说了短短几个词，老人翻译道："她说她的家人埋在石头下面。"

外面，雨下得更大了。大雨打在炊事帐篷的顶上，帆布在雨点的撞击下不住颤动。我站起身，走过去掀开帐篷的帘子。大山被雨帘遮住看不见了，但我知道它们从各个方向把我们包围。我有一种感觉，似乎它们在嘲笑我们，嘲笑我们势单力薄，嘲笑飞行员们无谓的勇气。我感觉到，真正机智的不是我们，而是大山。就在那天早晨，难道不是群山转身面朝北边的泰匹林，目睹了一千多架德国飞机聚集在奥林匹斯山的阴影下吗？多多那山顶的积雪难道不是在一天之内融化，让无数条小河流下来，淌过我们的停机坪吗？卡塔菲狄山难道不是把它的头颅隐藏在云里，引诱我们的飞行员飞进那些白云，撞毁在它高低不平的山肩上吗？

当我站在那里，透过帐篷的帘子看着大雨时，我知道大山肯定转过来跟我们作对了。我内心深处有这种感觉。

我返回帐篷里，看见芬坐在卡蒂娜身边，正在教她说英语单词。我不知道芬是否取得很大进展，但我知道他有一次把她逗笑了，他能做到这点真了不起。我记得卡蒂娜突然发出的大笑声，还记得我们都抬起头，看到了她的脸。我记得我们看到她的脸庞跟以前有多么的不同。除了芬，没人能做成这件事。芬是个乐天派，在他面前，想要保持严肃是很难的。他性情活泼，黑头发，个子高高的，他坐在板凳上，探着身子、面带微笑、低声细语，在教卡蒂娜说英语，在教她怎么发出笑声。

第二天，天空放晴了，我们又一次看见了大山。我们在已经朝着塞莫皮莱缓慢撤退的军队上空巡逻，遇到了正在俯冲轰炸士兵的几架梅塞施米特式战斗机和Ju-87轰炸机。我记得我们击中了几架，但是他们击中了桑迪。我眼睁睁地看着他坠落。我呆坐了三十秒，注视着他的飞机缓缓地盘旋落下。我等着降落伞的出现。我记得我接通了无线电，轻声地说："桑迪，你必须赶紧跳出来。快跳出来啊，你已经接近地面了。"然而降落伞没有出现。

我们降落滑行时，看见卡蒂娜和医生一起站在疏散帐篷外面。一个那么瘦弱的小姑娘，穿着脏兮兮的印花裙，站在那里，注视着飞机进入停机坪降落。芬走进去时，她说："塔吉里斯，哈纳。"

芬说："这是什么意思，佩里克利？"

"意思是'你们又回来了'。"他笑着说。

飞机降落时，孩子用手指头数着数，这时她注意到少了一架。我们围站在旁边摘掉身上的降落伞，卡蒂娜想追问我们这件事，突然有人说道："注意。它们来了。"它们从群山的缝隙中飞来，密密麻麻的一大片小黑点，朝停机坪俯冲下来。

大家慌乱地奔向狭长的掩壕，我记得看见芬一把搂住卡蒂娜的腰，抱起她和我们一起躲避空袭，我还记得在奔向掩壕的一路上，我看见卡蒂娜像小老虎一样反抗着。

我们刚钻进掩壕，芬刚把她放开，她就纵身跳出去，跑向飞机跑道。梅塞施米特式战斗机俯冲下来，机关枪不断扫射，它们飞得真低啊，都能看见飞行员的鼻子从风镜下面突出来。它们的子弹在周围激起一团团尘雾，我看见我们的一架飓风战斗机燃起了火苗。我看见卡蒂娜就站在跑道中间，双腿分开，背对着我们，站得稳稳的，抬头看着那些俯冲而过的德国兵。有生以来，我从没见过有谁那么娇小、那么愤怒、那么情绪激烈。她似乎正冲他们喊叫，但是噪声太大了，除了飞机引擎和机枪的声音，什么也听不见。

接着，一切便结束了。这场袭击可谓来去匆匆，谁也没有多说什么，只有芬说道："我永远不会那么做，哪怕是疯了，也不会那么做。"

那天晚上，瘦猴拿出中队的档案，把卡蒂娜的名字写进了队员名单，并吩咐设备管理员给卡蒂娜提供一顶帐篷。就这样，在一九四一年四月十一日，卡蒂娜成了中队的一员。

不出两天，她就知道了每一位飞行员的小名或外号，芬已经教会她说"怎么样"和"干得好"。

可是那段时间活动频繁，当我试图详细回忆当时具体做了什么时，脑子里只是一片模糊。我记得大多数时候是护送布伦海姆轰炸机去法罗拉，如果不是，那就是在阿尔巴尼亚边境轰炸地面的意大利卡车，或者收到诺森伯兰郡团的求救信号，说他们正遭到欧洲半数飞机的惨烈轰炸。

所有这些我都记不真切了。那段时间的一切我都记忆模糊，只有两件事例外。一是卡蒂娜，她一直跟我们在一起，到处都有她的身影，她不管走到哪里，人们都很高兴看见她。我记得的第二件事是一天傍晚，大牛在一次单机巡逻之后走进了炊事帐篷。大牛是个身材魁梧的男人，一对宽肩膀微微有些耸起，胸膛如同橡木桌面一样平坦。战争开始前，他做过许多事情，其中大多数都是只有早把生死置之度外的人才能做到的。他性格安静、随和，每次走进一个房间或一顶帐篷，总显得好像自己弄错了，根本不应该进来似的。天渐渐黑了，我们坐在帐篷里，玩掷钢板儿赌博的游戏，大牛走了进来。我们知道他刚刚降落。

他略含歉意地扫视了一圈，说："你们好。"他慢慢走到吧台前，拿出一瓶啤酒。

有人说："看见什么了吗，大牛？"

大牛说："看见了。"然后继续摆弄着啤酒瓶。

我想，我们当时都非常专注于掷钢板赌博的游戏，因为有五分钟左右谁也没有再说什么。直到后来彼得说道："你看见了什么，大牛？"

大牛靠在吧台上，一会儿喝几口啤酒，一会儿往空酒瓶口里吹气，想弄出类似汽笛的声音。

彼得说："你看见了什么？"

大牛放下酒瓶，抬起目光。"五架S-79战斗机。"他说。

我记得我听见了他说这句话，但我还记得我们的游戏太刺激了，芬又有了一次赢钱的机会。我们都眼睁睁地看着他错失良机。彼得说："芬，我认为你要输了。"芬说："去你的吧。"

游戏玩完了，我抬起头来，看见大牛仍然靠在吧台上，把他的啤酒瓶吹得呜呜响。

他说："这声音就像'毛里塔尼亚号'开进纽约港。"他又开始往瓶口吹气。

“那些S-79怎么样了？”我说。

他停止吹气，放下了酒瓶。

“我把它们打下来了。”

每个人都听见了这话。顿时，帐篷里的十一位飞行员都停下手头的事情，十一个脑袋都迅速转过去，看着大牛。他又喝了一口啤酒，轻声说道：“有那么一刻，我在空中数到十八顶降落伞。”

几天后，他去巡逻，再也没有回来。

之后不久，瘦猴得到雅典的消息，说中队要转移到埃莱夫西斯，从那里对雅典进行防守，同时掩护我们的军队通过塞莫皮莱隘口撤退。

卡蒂娜跟着卡车队转移，我们叫医生一定要保证她安全到达。我们一共是十四个人，往南飞过群山，两点半的时候降落在埃莱夫西斯。这是一个漂亮的停机坪，有跑道和机库，最棒的是，开车二十五分钟就能到雅典。

那天傍晚，夜色正在降临，我站在自己的帐篷外。我双手插在口袋里，注视着太阳渐渐西沉，思考着我们要做的工作。我越想越觉得不可能完成。我抬起头，又一次看见了那些大山。在这里它们离我们更近了，从四面八方朝我们挤压过来，它们肩并肩矗立着，巍峨、赤裸，头颅耸立在云端，从三面把我们包围，只有南边是比雷埃夫斯和开阔的海域。我知道，每天夜里，天完全黑下来之后，我们都筋疲力尽地在帐篷里睡觉时，那些大山就会向前移动，悄悄地、一点点地，不发出任何声音，最后，到了指定的那一天，它们就会势不可挡地向前翻滚，把我们推进海里。

芬从他的帐篷里出来。

“你看见那些大山吗？”我说。

“山里有很多神。凶多吉少。”他回答。

“我希望它们站住不动。”我说。

芬抬头看着帕尼萨山和彭特利孔山的悬崖峭壁。

“这些山里有很多神。”他说，“有时候，在半夜三更，天上有月亮的时候，你能看见神坐在山顶上。我们在帕拉米夏时，卡塔菲狄山上就有一个神。他的块头像房子一样大，但没有任何形状，黑乎乎的一团。”

“你看见他了？”

“当然看见了。”

“什么时候？”我说，“你是什么时候看见他的，芬？”

芬说：“我们进雅典城吧。我们去看看雅典的女人吧。”

第二天，载着地勤人员和设备物资的卡车，轰隆隆地驶进了停机场，卡蒂娜坐在第一辆车的前座上，医生坐在她旁边。她跳下来时，朝我们招手，一边大笑着，一边用奇怪的希腊口音叫我们的名字。她仍然穿着那条脏兮兮的印花裙，额头上仍然缠着绷带。但是阳光照得她的头发闪闪发亮。

我们给她看我们为她准备的帐篷，给她看那件小小的棉布睡衣，那是前一天夜里芬以某种神秘的方式在雅典弄到的。白色的睡衣，胸前绣着许多蓝色的小鸟，我们都认为非常漂亮。卡蒂娜立刻就想穿上，我们花了好长时间才让她明白，那是晚上睡觉穿的。芬不得不把一套复杂的动作表演了六遍——假装穿上睡衣，然后跳到床上立刻睡着。最后，卡蒂娜拼命点头，总算明白了。

接下来的两天，什么也没发生，只是另一个中队的剩余人员从北边过来，加入了我们。他们带来六架飓风战斗机，这样一来，我们就一共有了二十来架飞机。

然后我们等待着。

第三天，德国侦察机出现了，在比雷埃夫斯上空盘旋，我们拼命追赶，但始终没能及时追上他们。这也情有可原，因为我们的雷达是一种非常特殊的型号，现在已经被淘汰，我估计永远也不会再使用了。在全国各地，在山区和岛屿的所有村庄里，都有一些希腊人通过野战电话跟我们的小控制室联络。

控制室没有操作员，我们只能轮流在那里值班。第四天轮到我值班，我清楚地记得所发生的事情。

早晨六点三十分，电话响了。

"这里是A-7，"一个希腊口音很重的声音说，"这里是A-7。头顶上有声音。"

我看着地图。亚尼纳的旁边画着一个小圆圈，里面写着"A-7"。我在地图上蒙着的透明胶片上打了个叉，旁边写上"噪声"，还有时间："0631"。

三分钟后，电话又响了。

"这里是A-4，这里是A-4。我头顶上有许多声音，"一个苍老而发颤的声音说，"但我看不清，因为云太厚了。"

我看着地图。A-4是卡拉瓦山。我在透明胶片上又打了个叉，写上"许多噪声—— 0634"，然后在亚尼纳和卡拉瓦之间画了一条线。这条线指向雅典，于是我发信号通知"预备"队员紧急起飞，他们飞到空中，在城市上空盘旋。后来，他们看见一架Ju-88在他们上面的高空，但他们一直没能追上它。当时我们的雷达就是这样工作的。

那天晚上我值完班后，忍不住想起那个独自坐在A-4观察点的一间小茅屋里的希腊老人，他坐在卡拉瓦的山坡上，抬眼眺望白色的云团，整日整夜地侧耳捕捉空中的声音。我想象着他听见声音、抓起电话时的那种急切，以及当电话那头的声音重复他的消息并向他表示感谢时，他所感到的喜悦。我想到他的衣服，不知道是否足够暖和，接着不知怎的，我想到了他的靴子，几乎可以肯定那双靴子已经没有鞋底，只塞着一些树皮和纸片。

那是四月十七日。就在那天傍晚，瘦猴说："他们说德国人在拉米亚，这就意味着我们是在他们战斗机的射程内。明天好戏就要开场了。"

果然。黎明时分，轰炸机过来了，上面盘旋着一些战斗机，它们是在守望轰炸机，时刻准备突袭，但是只在有人妨碍轰炸机时它们才会出击。

我记得就在它们到来前，我们有八架飓风战斗机飞在空中。当时没有轮到我，所以我在地面上注视着这场战斗，卡蒂娜站在我身边。这孩子一句话也没说。她时常转动脑袋，跟随上面高空中跳动的那些银色小点。我看见一架飞机坠落了，后面拖着一条黑烟，然后我看着卡蒂娜。这孩子脸上的仇恨，像一名内心充满恨意的老妇人所具有的那种激烈燃烧的仇恨，那是一名老妇人的仇恨，这看上去令人感到怪异。

在这场战斗中，我们失去了一位名叫唐纳德的中士。

中午，瘦猴又收到了雅典发来的消息。消息说，首都士气低沉，为了向市民们显示我们多么强大、拥有多少架飞机，要求每一架可用的飓风战斗机在城市的低空做编队飞行。我们共有十八人起飞。我们组成密集的队形在主要街道上空飞来飞去，低得几乎碰到房顶。我能看见人们抬起头，把手放在眼睛上挡住阳光，看着我们在头顶飞过。在一条街上我看见一个老妇人，她却始终连头也没有抬。他们没有一个人挥手，于是我知道了，他们已经听天由命。他们没有一个人挥手，我虽然看不见他们的脸，但也知道我们飞过时他们并不感到高兴。

然后，我们朝塞莫皮莱飞去，并且中途在卫城上空盘旋了两圈。那是我第一次近距离地看见卫城。

我看见一座小山——看上去也就是个土堆——在小山顶上我看见了白色的柱子。它们数量众多，整整齐齐地聚集在一起，并不显得拥挤，在阳光下白得耀眼。我看着它们，惊叹怎么有人能把这么多柱子以这么高雅的形式放置于这么一座小山上。

随后，我们飞向宏伟的塞莫皮莱隘口，我看见长长的一队队车辆慢慢地开向南边的大海。偶尔我看见白烟腾起，那是一颗炮弹落在山谷里，我还看见一颗炮弹直接击中道路，使卡车队伍形成一个缺口。但是没有看见敌机。

我们降落时，瘦猴说："快把油箱加满，再次起飞。我认为他们正等着在地面抓住我们。"

然而没有用了。就在我们降落后五分钟，他们就从天空冲了下来。我记得我当时在二号机库的飞行员办公室，跟芬和一个头发乱糟糟的名叫帕蒂的大块头男人说话。我们听见子弹打在机库的瓦楞铁屋顶上，接着听见了爆炸声，我们三个赶紧躲到房间中央的小木头桌子下面。可是桌子翻了。帕蒂把它重新摆正，钻进下面。"躲在桌子底下踏实多了。"他说，"我只有躲在桌子底下的时候才感到安全。"

芬说："我从来没感到安全过。"他坐在地板上，注视着子弹在房间的瓦楞铁墙上打出一个个窟窿。子弹打中铁皮时发出"啪啪”的巨响。

接着我们胆子大了起来，站起身，朝门外张望。停机坪上空有许多梅塞施米特式109战斗机在盘旋，随即一架接一架拉起来，俯冲过机库，用机枪扫射地面。但他们还做了件别的事。他们掀起座舱盖，飞过时抛出一些小炸弹，小炸弹落地时发生爆炸，把无数的大铅粒猛地炸向四面八方。我们先前听见的就是这些爆炸声，铅粒打中机库时的声音真是震耳欲聋。

这时我看见了那些人，那些地勤人员，他们站在狭长的掩壕里，用来福枪朝梅塞施米特式战斗机开火，以最快的速度装子弹、射击，一边嘴里高声地咒骂，他们滑稽可笑地、无望地瞄准，用区区一杆来福枪瞄准一架飞机。埃莱夫西斯没有其他的防御。

突然，梅塞施米特式战斗机全都掉转方向，打道回府，只有一架滑落下来，在停机坪缓缓地机腹着地。

接着便是一片骚乱。我们周围的希腊人大呼小叫，他们跳上消防车，朝那架失事的德国飞机驶去。与此同时，更多的希腊人从场地的各个角落冲出来，嘴里大喊着、咆哮着，要那个飞行员偿还血债。他们是一伙暴民，一心想要报仇雪恨，这也是无可指摘的，但是我们还有别的考虑。我们想审问那个飞行员，所以希望抓活的。

瘦猴站在跑道上，朝我们大喊，我和芬、帕蒂和他一起朝五十码之外的那辆旅行车冲去。瘦猴像闪电一样钻进车里，启动引擎，把车开了出去，与此同时我们三个跳上了踏板。那辆载着希腊人的消防车开得不快，离飞机还有两百码，在地上奔跑的人距离更远。瘦猴把车开得很快，领先了他们五十码左右。

我们跳下车，跑向那架梅塞施米特式战斗机，坐在驾驶舱里的是一个黄头发的小伙子，蓝色的眼睛，面颊红扑扑的。我从没见过谁的脸上露出那么强烈的恐惧。

他用英语对瘦猴说："我的腿中弹了。"

我们把他从驾驶舱里拖出来，塞进汽车，那些希腊人站在周围看着。子弹打碎了他的胫骨。

我们载着他开车返回，把他交给医生，这时我看见卡蒂娜站在近旁，注视着德国人的脸。这个九岁的孩子站在那里看着德国人，说不出话来，她甚至一动也不动。她用双手紧紧抓住自己的裙子，盯着那人的脸。"一定是什么地方弄错了。"她似乎在说，"一定是弄错了。这个人黄头发、蓝眼睛，面颊红扑扑的。他不可能是他们的人。他是一个普通的男孩。"他们把他搬上担架抬走时，她一直注视着他，然后她转过身，从草地跑回了自己的帐篷。

晚饭时，我吃掉了我的那份油炸沙丁鱼，但没有胃口吃面包和奶酪。整整三天了，我的胃里有一种异样的感觉，空落落的，就像马上要做手术或在牙医诊所里等着拔牙时那样。这感觉持续了整整三天，从早晨醒来一直到晚上入睡。彼得坐在我对面，我向他询问了这件事。

"这感觉我有了一星期。"他说，"对肠胃有好处。能把肠胃清清空。"

"德国飞机就像保肝丸。"坐在桌尾的芬说，"他们对你大有好处，是不是这样，医生？"

医生说："你可能服药过量了。"

"我就是，"芬说，"我吃了太多的德国保肝丸。我没有看药瓶上的说明。就寝前服两粒。"

彼得说："我真想退伍啊。"

晚饭后，我们三个和瘦猴一起朝下面的机库走去。瘦猴说：

“这种向地面的扫射使我忧心忡忡。他们从来不袭击机库，知道我们从来不把任何东西放在机库里。我想，今天晚上我们挑四架飞机，把它们放进二号机库吧。”

这是个好主意。飓风战斗机因为不可能一直在天上飞，一般都分散在停机坪的各个边缘，然后一架接一架滑出。我们四个一人开一架，滑入二号机库，然后把那两扇大滑门合拢，锁上。

第二天早晨，太阳还没有从大山后面升起，一群Ju-87轰炸机开过来，把二号机库夷为平地。他们的轰炸十分精准，紧挨着的另外两个机库毫发未损。

那天下午，他们击落了彼得。彼得飞往一个名叫卡尔基斯的村庄，那个村庄遭到Ju-88的轰炸，此后，彼得再无音信。快活的、笑声朗朗的彼得，他的母亲住在肯特州一个农庄，经常用浅蓝色的长信封给他写信，彼得把那些信装在口袋里，随身带着。

我加入中队以后，一直跟彼得合住一个帐篷，那天夜里我上床后，他回到了那个帐篷。你不用相信我，我没有指望你相信我，我只是把当时的事情告诉你。

我总是先上床睡觉，因为那种帐篷很小，两个人同时在里面就转不开身。彼得一般总是在两三分钟后进来。那天夜里，我上了床，躺在那里，想着今天夜里他不会来了。我想，不知道他那蜷曲在飞机残骸里的尸体，是在某处荒凉的山坡上，还是沉到了海底深处，我只希望他能有一个体面的葬礼。

突然，我听到了动静。帐篷的帘子被掀开，接着又合上了。但是没有脚步声。然后我听见他在他的床上坐下。这是过去几个星期里我每天夜里都听到的声音，没有任何变化。砰的一声，接着是行军床木腿的嘎吱声。飞行靴一只接一只被脱下来，扔在地上，其中一只总是需要比另一只多两倍的时间才能脱掉。在那之后，是毛毯被拽上来的轻微的窸窣声，以及摇摇晃晃的行军床承受一个男人身体时的嘎吱声。

这些是我每天夜里听到的声音，同样的声音、同样的顺序，于是，我从床上坐起来，说了声："彼得。"帐篷里一片漆黑。我的声音听上去很响。

"嘿，彼得。你今天真不走运。"然而没有回答。

我没有感到不安或害怕，但我记得当时我用手指摸了摸鼻尖，确保自己是真实的存在。接着我便睡了过去，因为我实在太疲倦了。

早晨，我看着那张床，发现它有人睡过。但是我没有对任何人声张这件事，包括芬。我亲自把毛毯放回原处，把枕头拍了拍。

就在那天，在一九四一年四月二十日，我们打了雅典之战。这大概是历史上最后一场大规模的空中格斗，因为现在飞机都是组成大规模的翼形和编队飞行，并且遵照指挥官的命令，系统地、科学地进行袭击。如今，除非在非常罕见的情形下，一般不会在空中格斗。然而雅典之战却是一场长时间的、漂亮的大格斗，十五架飓风战斗机对抗一百五十到两百架德国轰炸机和战斗机。

中午刚过，轰炸机就开始飞来了。那是一个美丽的春日，太阳第一次透出了一点初夏的暖意。天空一片蔚蓝，只偶尔点缀着几朵轻云，大山黑压压地矗立着，在蓝天的衬托下，轮廓十分清晰。

彭特利孔山不再把头颅隐藏在云里。它俯视着我们，那么威严和阴森，观察我们的一举一动，知道我们做的每一件事都毫无意义。人类是愚蠢的，生来注定一死，而大山和河流万古长存，不会在意时间的流逝。早在许多年前，彭特利孔山不是曾经俯瞰塞莫皮莱，目睹了一伙斯巴达人守卫关隘，抗击侵略者吗？它不是目睹了他们一直战斗到全军覆没吗？它不是曾经目睹波斯人在马拉松被列奥尼达弄得土崩瓦解吗？它不是曾经俯视萨拉米斯，俯视大海，看见狄密斯托克利和雅典人把敌人赶出他们的海岸，使他们损失了两百多艘船吗？它目睹了所有这些以及更多的事情，现在，它俯视着我们，而我们在它眼里一文不值。大山的脸上几乎显出了轻蔑的表情，一时间我似乎听见了诸神的笑声。他们知道得太清楚了，我们势单力薄，必败无疑。

刚吃过午饭，轰炸机就过来了，我们立刻看出它们数量庞大。我们抬起头，看见天空里布满银色的小点，阳光在一百对不同的翅膀上闪烁跳跃。

我们一共有十五架飓风战斗机，它们在空中如暴风雨一般激烈作战。这样一场鏖战，具体的细节很难记住，但我记得我抬头看见天空中密密麻麻的黑色小点。我记得我暗自纳闷，那些不可能是飞机，绝对不可能是飞机，因为世界上没有那么多飞机。

接着，它们就朝我们开火了，我记得我振动了一下机翼，这样就能绕小圈盘旋，之后的事情，我只能记得一两个小小的瞬间，它们深深印刻在我的脑海里。一架梅塞施米特式战斗机从我右舷前十五分钟方向处开火，机枪喷出一股股火焰。那个德国人的降落伞打开时着了火。有个德国人跟我并排飞，用手指对我做出粗鲁的手势。有架飓风战斗机跟一架梅塞施米特式战斗机相撞。有架飞机撞到一个正拉着降落伞下降的人，飞机打着可怕的旋儿疾速冲向地面，有人和降落伞悬挂在它的左翼上。两架轰炸机在急转弯躲避一架战斗机时撞在了一起，我清楚地记得一个人在撞击的浓烟和残骸中被抛出机外，悬在空中，四肢呈大字张开。告诉你吧，在那场战役中，没有任何事情不可能发生。有一个瞬间，我看见一架孤零零的飓风战斗机在帕尼萨山顶盘旋，后面跟着九架梅塞施米特式战斗机，接着我记得天空似乎突然一片空旷，视野中一架飞机也没有了。战斗已经结束。我掉转方向，返回埃莱夫西斯，一低头，看见雅典和比雷埃夫斯，以及海湾边弯弯曲曲往南朝着地中海延伸的海岸线。我看见被炸弹击中的比雷埃夫斯港口，看见码头上升起的浓烟和火光。我看见狭窄的海岸平原，看见平原上的一堆堆小篝火，细细的黑烟袅袅上升，往东飘散。它们是飞机被击落后燃烧的火焰，我只希望其中没有一架是飓风战斗机。

就在这时，我迎头碰上了一架落单的容克88，它是突袭后返航的最后一架轰炸机。它遇到了麻烦，一个引擎正在冒黑烟。我朝它射击，但恐怕意义不大，它已经在坠落了。我们是在大海上空，看得出来它不可能降落在陆地了。果然如此，它稳稳地落入了蓝色的比雷埃夫斯海湾，距离海岸两英里处。我跟在它后面盘旋，等着看机上的人是否安全离开飞机，坐进他们的小艇。

缓缓地，飞机开始下沉，机头扎进水里，机尾高高翘起。可是不见机组人员的影子。突然，毫无预兆地，机尾的枪开火了。他们用机尾的枪突然开火，子弹在我的右翼上打出一个个参差不齐的窟窿。我猛一转弯，我记得我朝他们大喊。我打开驾驶舱的盖子，喊道："你们这些吃了豹子胆的混蛋。但愿你们全都淹死。"轰炸机很快就沉没了。

我返回时，他们都站在机库外面，清点损失。卡蒂娜坐在一个箱子上，泪水顺着她的面颊滚落。但是她并没有哭出声，芬跪在她身边，用英语跟她说话，轻声细语，忘记了她并不能听懂。

在那场战役中，我们的飓风战斗机损失了三分之一，但德国人的损失更大。

医生正在给一个烧伤的人清理包扎伤口，他抬起头，说道："你真应该听听当轰炸机从天空坠落的时候，那些希腊人是怎么欢呼的。"

我们站在那儿闲聊时，一辆卡车开过来，里面跳出一个希腊人，说卡车里有一具支离破碎的尸体。"这是手表，"他说，"是胳膊上的。"那是一块表面发光的银质腕表，背面有几个大写字母。我们没有往卡车里看。

现在我们只剩下九架飓风战斗机了，我想。

那天晚上，英国皇家空军一位级别很高的军官从雅典过来，他说："明天黎明时分，你们都飞往迈加拉。顺着海岸线往南飞大约十英里。那儿有一片小场地，你们可以降落。部队在那里连夜干活。他们有两个压路机，正在把地面碾平。你们降落后，必须立刻把飞机藏在场地以南的橄榄树林里。地勤人员正去往更南边的阿哥斯，你们晚些时候加入他们，但你们可以在迈加拉活动一两天。"

芬说："卡蒂娜在哪儿？医生，你必须找到卡蒂娜，保证她安全到达阿哥斯。"

医生说："没问题。"我们知道可以信任他。

第二天黎明时分，天还没有放亮，我们就起飞了，飞往十英里外迈加拉的那片小场地。我们降落后，把我们的飓风战斗机藏在橄榄树林里，并从树上折下一些树枝盖住飞机。然后我们坐在一座小山坡上，等候命令。

太阳在大山上升起来了，我们放眼眺望那片场地，发现一大群希腊村民离开迈加拉村庄，朝我们的场地拥来。他们足有好几百人，大多数是女人和孩子，浩浩荡荡地拥向我们的场地，一副急急忙忙的样子。

芬说："见鬼！"我们都在小山坡上坐直身子，仔细观察，想知道他们打算做什么。

他们分散到场地的各个边缘，捡拾大把大把的石楠和欧洲蕨。他们抱着它们来到场地上，排成长长的好几队，开始把石楠和欧洲蕨撒在草地上。他们是在伪装我们的降落场。压路机在把地面碾平、供飞机降落时，留下了一些痕迹，很容易从空中看见，于是希腊人从自己的村庄里倾巢而出，每一个男人、女人和孩子，开始弥补这个失误。直到今天，我也不知道是谁叫他们这么做的。他们在场地上排成长长的队伍，慢慢地往前走，一边把石楠撒在地上。我和芬走出去，来到他们中间。

他们大多都是上了年纪的男人和女人，个头十分矮小，神情十分凄楚，黑黢黢的脸上布满皱纹，动作迟缓地撒着那些石楠。我们走过时，他们停住手，露出微笑，用希腊语说几句我们听不懂的话。其中有个孩子给了芬一朵粉红色小花，芬不知道该拿它怎么办，就捏在手里到处走来走去。

之后我们回到山坡上，等待着。不一会儿，野战电话响了。是那个级别很高的军官打来的。他说，必须有人立刻飞回埃莱夫西斯，领取重要情报和资金。他还说，我们必须全体离开迈加拉的小场地，当晚赶到阿哥斯。战友们说，他们会等我拿到钱回来后，再一起飞往阿哥斯。

与此同时，有人告诉那两个还在碾平我们场地的军人，叫他们把压路机销毁，不让德国人得到。我记得，当我钻进我的飓风战斗机时，看见两台巨大的压路机在场地上面对面朝对方冲去，我记得就在它们相撞前的一刻，两个军人跳到了一边。随着一声惊天动地的巨响，我看见那些撒石楠的希腊人都停住了手，抬头看去。他们一动不动地站了片刻，看着那两台压路机。然后，其中一个拔腿跑了起来。那是一个老妇人，她开始以最快的速度跑回村庄，一边跑一边嘴里喊着什么。立刻，场地上的每一个男人、女人和孩子似乎都变得恐慌了，都跟在她后面跑。我真想钻出飞机，跑到他们身边，向他们解释，我想说我很抱歉，但除此之外我们没有别的办法。我想告诉他们，我们不会忘记他们，有朝一日我们还会回来。但是没有用了。他们困惑不解、惊慌失措，纷纷跑回自己的家，他们一刻不停地跑，很快不见了人影，就连年迈的老者也不例外。

我启动飞机，飞往埃莱夫西斯。我降落在一个死寂的停机坪。到处看不见一个人影。我停好飓风战斗机，就在我朝机库走去时，那些轰炸机又过来了。我藏在一个战壕里，等它们轰炸完，然后站起身，走向那间小小的作战指挥部。电话机还在桌上，我鬼使神差地，拿起话筒，说了声：“喂。”

那头传来一个德国口音很重的声音。

我问：“你能听见吗？”那个声音答道：“是的，是的，我能听见。”

“很好，”我说，“仔细听着。”

“好的，请讲。”

“这里是英国皇家空军。总有一天我们会回来的，你明白吗？总有一天我们会回来的。”

我把电话机从插座上拔下来，扔出了紧闭的玻璃窗外。我走出来时，有一个老百姓打扮的小个子男人站在门边。他一只手里拿着手枪，另一只手里拿着一个小口袋。

“你想要什么东西吗？”他用很流利的英语问。

我说：“是的，我想把重要的情报和文件带回阿哥斯。”

“在这里。”他说，然后把口袋递给了我，“祝你好运。”

我飞回了迈加拉。海上有两艘希腊驱逐舰，正在燃烧和下沉。我在我们场地的上空盘旋示意，其他战友滑出跑道起飞，大家一起飞往阿哥斯。

阿哥斯的降落地是一片很小的场地。周围是茂密的橄榄树林，我们把飞机滑进去隐藏起来。我不知道那片场地有多长，只知道在上面降落很不容易。必须让螺旋桨低速旋转，在着陆的一瞬间马上刹车，一踩一松，看到飞机开始打转立刻再次刹住。不过只有一个人不慎滑出跑道，撞毁了飞机。

地勤人员已经到了，我们从飞机里出来时，卡蒂娜拎着一篮子黑橄榄朝我们跑来，她把橄榄递给我们，指指我们的肚子，示意我们快吃。

芬弯下腰，用手揉了揉她的头发。他说：“卡蒂娜，我们将来一定要到城里去，给你买一条新裙子。”她笑眯眯地看着他，但没有听懂，然后我们都开始吃黑橄榄。

这时我看看周围，发现树林里满是飞机。树丛中几乎每个角落都隐藏着一架飞机，我们打听了一下才知道，希腊人把他们全部的空军力量都转移到阿哥斯，停在了那片小树林里。它们都是奇特而古老的机型，没有一架的历史少于五年，我至今也不知道究竟有多少架飞机。

那天夜里，我们睡在树下。我们给卡蒂娜裹了一件很大的飞行服，还给了她一顶飞行头盔当枕头，她睡着后，我们坐在周围吃黑橄榄，从一个巨大的桶里喝葡萄酒。可是我们都很疲倦，不一会儿就睡着了。

第二天从早到晚，我们看着一辆辆载着军人的卡车在路上驶过，奔向海边，我们尽可能频繁地起飞，在他们的上空飞行掩护。

德国人不停地飞过来，轰炸附近的道路，但他们还没有发现我们的机场。

那天晚些时候，我们得到通知，所有能使用的飓风战斗机都在傍晚六点起飞，保护一次重要的海上运输行动。我们仅剩的九架飞机加满了油，准备出发。六点差三分时，我们把飞机滑出橄榄树林，滑向跑道。

前两架飞机起飞了，可是它们刚离开地面，空中就有一团黑乎乎的东西俯冲而下，朝它们开火，使它们都燃烧起来。我看看周围，发现至少有五十架梅塞施米特式110战斗机在我们场地上空盘旋，就在我注视的时候，其中的几架掉转身，朝着剩下的、正在等待起飞的七架飓风战斗机俯冲下来。

根本来不及采取任何行动。我们的每架飞机都在第一次突袭时被击中，滑稽的是，只有一位飞行员受了伤。现在起飞是不可能了，我们便跳出自己的飞机，把受伤的飞行员从驾驶舱里拖出来，抬着他跑回狭长的掩壕，跑回希腊人挖的那些美妙的、又大又深的、之字形的狭长战壕。

梅塞施米特式战斗机不慌不忙。地面和空中都没有抵抗力量，只有芬在用他的左轮手枪射击。

遭遇空中扫射是一件很难受的事，特别是他们的机翼上装着大炮。除非有一条很深的长战壕可供躺在里面，不然根本没法保命。不知出于什么原因，也许认为这是很好玩的一件事吧，那些德国飞行员都是先袭击战壕，再去轰炸飞机。最初的十分钟，大家都在战壕的拐弯处疯狂乱窜，以免在一条与来袭飞机的飞行路线平行的战壕里被打个正着。那真是狂乱而恐怖的十分钟啊，每个人都在大喊着“又来了一架”，同时都手忙脚乱地冲过拐弯处，躲进战壕的另一部分。

然后，德国人去袭击飓风战斗机，同时袭击停在橄榄树林里的那一大批老式希腊飞机，他们有条不紊、很有章法地让一架架飞机起了火。声音震耳欲聋，子弹射向四面八方—— 树林里、岩石间、草地上。

我记得我从我们战壕的上沿小心翼翼地张望，看见一朵小白花，就在离我鼻子几英寸的地方。纯白色的，有三个花瓣。我记得我的目光越过它，看见三架德国飞机，朝停在场地另一边的我的那架飓风战斗机俯冲下去，我记得我朝他们大喊大叫，但不记得自己说了什么。

突然，我看见了卡蒂娜。她正从停机坪远端的角落里跑出来，她以最快的速度，一刻不停地跑向这场枪林弹雨、飞机燃烧的混战的中心。有 次她被绊倒了，但挣扎着又爬起来，继续往前跑。接着她停住脚步，站在那里往上看，朝飞过的那些飞机举起了拳头。

我记得，就在她站在那儿时，我看见一架梅塞施米特式战斗机转过头，低低地直朝她开过去，我记得自己在想，她那么小，不可能被击中。我记得看见德国飞机逼近时，机枪里喷出的火焰，我记得我看见那孩子，在那短短的一瞬，立住一动不动，面对着敌机。我记得风吹拂着她的头发。

然后她就倒下了。

接下来的一刻我永远不会忘记。就像施了魔法一样，在四面八方，男人们纷纷从地上出现。他们从各自的战壕里爬出来，像一群疯狂的暴民，拥向停机坪，奔向躺在场地中央的那个一动不动的小小身影。他们蹲着身子，跑得很快，我记得我从战壕里一跃而出，加入了他们的队伍。我记得我什么也没想，只盯着前面那个男人的靴子，注意到他有点儿罗圈腿，而且他的蓝裤子太长了。

我记得看见芬第一个赶到，后面紧跟着一个名叫威什弗的中士，我记得看见他们俩抱起卡蒂娜，迅速跑回战壕。我看见了她那血肉模糊的腿，我看见了她的胸口，鲜血喷出来染红了她的白色印花裙。有一刻我看见了她的脸，白得像奥林匹斯山顶上的雪。

我和芬一起奔跑，他边跑边不住地说："该死的混蛋，该死的、挨千刀的混蛋。"我记得我们赶回战壕时，我环顾四周，发现不再有任何声音和射击。德国人已经离开。

芬说："医生在哪儿？"医生突然出现了，站在我们身边，看着卡蒂娜——看着她的脸。

医生轻轻摸了摸她的手腕，没有抬头，低声说道："她已经没气了。"

他们把她放在一棵小树下，我扭过脸去，看见到处都是数不清的飞机正在燃烧的火焰。我看见我自己的那架飓风战斗机在近旁燃烧，我站在那里，绝望地盯着火苗在引擎周围跳跃，舔舐着金属的机翼。

我站在那里，呆呆地看着火苗，看着看着，火焰变成了更深的红色，我在火焰后面看到的不是扭曲缠绕的冒烟的残骸，而是一团更炽热、更强烈的熊熊之火，在希腊人的心中燃烧不灭。

我仍然呆呆地看着，这时我看见在火焰的中心，当红色的火苗蹿动时，有一种闪亮的白热，那么耀眼夺目，没有任何色彩。

我呆呆地看着，那强光弥漫开去，变得像阳光一样柔和、金黄，透过它，越过它，我看见一个小孩子站在一片场地中央，阳光照得她的头发闪闪发亮。她站在那里，抬眼望着天空，天空那么蔚蓝、清澈，没有一丝云彩。然后她转过身，朝我看来，就在她转身的时候，我看见她那条白色印花裙的胸前有一片深红色，那是血的颜色。

接着，不再有烈焰，也不再有火苗，我看见面前只有一架被烧毁的飞机那发红、扭曲的残骸。我一定在那里站了很长时间。

首次发表于《妇女之家杂志》 1944.3

声音机器

这是一个温和的夏日傍晚，克劳斯纳快步走进大门，绕过房子一侧，来到后面的花园。他走向花园里的那个小木棚，打开锁，走进去，关上了门。

木棚里面是一间没有粉刷过的房间。左墙边有个长长的木头工作台，在杂乱无章的电线、电池和锋利的小工具中间，有一个大约三英尺长的黑箱子，形似一个小孩子的棺材。

克劳斯纳走向这个箱子。箱子盖是开着的，他俯下身，开始打量、拨弄一大堆五颜六色的电线和银管。他拿起放在箱子旁边的一张纸，仔细研究一番，然后放下，凝视着箱子里，开始用手指拂动那些电线，轻轻拽一拽，检查连接情况，他回头扫一眼那张纸，又继续盯着箱子，看一眼纸，再继续检查每根电线。他就这样忙活了约莫一小时。

然后，他把一只手摸到箱子前面，那儿有三个转盘，他开始旋弄转盘，同时注视着箱子内部那个装置的动静。他嘴里一直念念有词，点着头，偶尔笑一笑，两只手一刻不停，手指在箱子里轻快、灵巧地动着，当碰到什么棘手或麻烦的事情时，他的嘴巴便扭曲成奇怪的形状，嘴里说着：“是的……是的……现在是这个……没错……没错……可是对不对呢？难道—— 我的图表呢？……啊，有了……没问题……是的，是的……这就对了……现在……太好了……太好了……没错……没错，没错，没错。”他注意力非常集中，动作很快，干活时露出一种紧张的神情，似乎有点气喘吁吁，他克制着内心强烈的兴奋。

突然，他听见外面的砾石小径上传来脚步声，他直起腰，敏捷地转过身。就在这时门开了，一个高高的男人走了进来。是斯各特，只是医生斯各特而已。

“好啊，好啊，好啊。”医生说，“原来你每天晚上都藏在这里啊。”

“你好，斯各特。”克劳斯纳说。

“我正好路过，”医生对他说，“顺便来看看你怎么样了。你家里没人，我就上这儿来了。你嗓子还难受吗？”

“不难受了。没事。”

“我既然来了，还是给你看看吧。”

“谢谢，不用麻烦了。我已经好了。我没事。”

医生开始感觉到房间里的紧张气氛。他看着工作台上的黑箱子，然后再看着男人。“你还戴着帽子。”他说。

“哦，是吗？”克劳斯纳伸手脱下帽子，放在工作台上。

医生走上前，弯腰看着箱子里面。“这是什么？”他说，“想做一台收音机吗？”

“不是。只是随便玩玩。”

“内部结构看着蛮复杂的。”

“是的。”克劳斯纳显得紧张而心绪烦乱。

“这是什么呢？”医生问，“看样子怪吓人，是不是？”

“这只是个设想。”

“是吗？”

“跟声音有关，仅此而已。”

“我的天哪！你干活时整天听声音，还没有听够吗？”

“我喜欢声音。”

“好像是这么回事。”医生走到门口，转过身说道，“好吧，我不打搅你。很高兴你的嗓子不难受了。”可是他仍然站在那里看着那个箱子，被里面错综复杂的结构弄得心痒难耐，一心想知道他这位奇怪的病人在做什么。“这到底是什么呀？”他问，“你勾起了我的好奇心。”

克劳斯纳低头看着箱子，然后再看着医生，他举起手，开始轻轻地挠自己的右耳垂。他沉默了一阵。医生站在门边，笑微微地等待着。

“好，如果你感兴趣，我就告诉你吧。”克劳斯纳又顿了顿，医生看出他不知道从哪儿开始说起。

他把身体的重心从一只脚移到另一只脚，揪着自己的耳垂，看着自己的双脚，终于，他慢慢地说道：“嗯，是这样的……其实原理很简单。人的耳朵……你知道，并不是什么都能听见。有些声音频率太低或者太高，我们就听不见。”

“是的，”医生说，“是的。”

“嗯，大体来说，音频每秒钟振动超过一万五千次——我们就听不见了。狗的耳朵比我们灵敏。你知道，你可以买一个哨子，声音高得你根本听不到。但是狗能听见。”

“是的，我见过这种事。”医生说。

“这不用说。在刻度上，比那哨声的音符更高的还有一个音符—— 你可以称之为振动，但我更愿意把它想成一个音符。那个音符你也听不见。比它更高的还有一个又一个音符，在刻度上永无止境地不断上升，形成一连串无穷的音符……无休无止的音符……有一个音符—— 但愿我们的耳朵能听见—— 音频那么高，一秒钟振动一百万次……另有一个音符比它还高一百万倍……依此类推，越来越高，数字不断堆积，达到……无限……永恒……星际之外。”

克劳斯纳越说越兴奋激动。他是个矮小瘦弱的男人，焦虑，神经质，一双手总是动个不停。他的大脑袋偏向左侧的肩膀，似乎脖子不够强壮，无法牢牢地支撑它。他脸上皮肤光滑，面色苍白，几乎可说是惨白，一副钢框眼镜后面的那双眨动的浅灰色眼睛，显得困惑、迷茫、渺不可测。他是一个身体羸弱、神经紧张、焦躁不安的男人，像一只飞蛾，飘飘忽忽、心不在焉，但突然就会兴奋起来，扑腾个不停。此刻，医生看着这张奇怪的苍白的脸和这双浅灰色的眼睛，不知怎的，觉得这个矮小的人似乎十分遥远，远在不可测量的距离之外，似乎他的思想早已远远离开他的身体。

医生等着他继续往下说。克劳斯纳叹了口气，把双手紧紧攥在一起。“我相信，”他说，语速变得更加缓慢，“我们周围始终存在着一个我们听不见的声音的世界。在那些音频太高、不可闻及的区域，可能正在创造出某种新的令人激奋的音乐，有微妙的和声与刺耳的嘈杂声，那音乐如此强大，如果我们的耳朵能调到可以听见它的声音，它肯定会使我们如痴如狂。一切都有可能……据我们所知可能是——”

“是的。”医生说，“但那不太可能。”

“为什么？为什么？”克劳斯纳指着一只趴在工作台上一小卷

铜丝上的苍蝇。“你看见这只苍蝇了吗？这只苍蝇此刻正在发出什么声音？什么也没有—— 我们听不见。可是我们知道，这只苍蝇可能正以很高亢的声音在尖叫，或者在狂吠，在发出嘎嘎声，在唱歌。它是有嘴的，不是吗？而且还有喉咙！”

医生看着苍蝇，露出了微笑。他仍然站在门边，手放在门把手上。“好吧，”他说，“所以你要把这件事弄个水落石出？”

“一段时间以前，”克劳斯纳说，“我做了一个简单的仪器，证明了许多听不见的奇怪声音的存在。我经常坐下来，注视着我的仪器记录下空气中出现的声音振动，而我自己什么也听不见。那些就是我希望听见的声音。我想知道它们来自哪里，是谁或什么东西发出来的。”

“台子上放着的那个机器，”医生说，“就能够让你听到那些声音？”

“也许吧。谁知道呢？到现在为止还没有什么效果。但是我把它做了一些调整，准备今天晚上再试一下。这个机器，”他用双手抚摸着机器说，“可以捕捉那些音频太高、人耳无法接收的声音振动，并把它们转换为可以听见的音频范围。我调试它，就像调一台收音机。”

“你指的是什么？”

“其实并不复杂。比如说，我想听见一只蝙蝠的叫声。那是一种频率比较高的声音—— 大约每秒钟三万次振动。普通人的耳朵是完全听不见的。如果现在有一只蝙蝠在这个房间里飞，我把我的机器调到三万的刻度，就能非常清楚地听见那只蝙蝠的叫声了。我甚至能准确地听见音调—— 升F调、降B调或其他什么调—— 只不过是在音频低得多的刻度上听见的。你能明白吗？”

医生看着那个长长的黑色棺材盒。“你今天晚上就想试？”

“是的。”

“好吧，祝你好运。”他看了一眼手表。“天哪！”他说，“我得走了。再见，谢谢你告诉我。我肯定还会再来，看看会有什么结果。”医生走出去，关上了门。

克劳斯纳又摆弄了一阵黑箱子里的电线，然后他直起身，用兴奋的声音小声低语：“现在我们再试一试……这次拿到外面的花园里……然后说不定……说不定……接收的效果会更好。现在把它抬起来……当心点……哦，天哪，真重啊！”他抬着箱子走到门边，发现只有放下箱子才能把门打开，于是把箱子又搬回去放在工作台上，打开房门，再吃力地把箱子搬到了花园里。他小心翼翼地把箱子放在草坪上的一张木头小桌上。他返回小木棚，取回一对耳机。他把耳机的电线接到机器上，然后把耳机塞进耳朵里。他双手的动作迅速而准确。他很兴奋，张着嘴呼吸，声音急促、粗重。他不停地喃喃自语，说一些安慰和鼓励的话，似乎他感到害怕—— 害怕机器不成功，也害怕如果机器成功会发生的事情。

他站在花园里，站在那张木头桌旁，那么苍白、矮小、瘦弱，看上去就像一个未老先衰的、患肺病、戴眼镜的孩子。太阳已经落山。四下里没有风，也没有任何声音。从他站的地方能越过低矮的栅栏看见隔壁人家的花园，一个女人在花园里走，胳膊上挎着一个花篮。他注视了她一会儿，心里并没有什么想法。然后，他转向桌上的黑箱子，按下箱子正面的一个开关。他把左手放在音量控制钮上，右手抓住那个旋钮，旋钮带动一根针在一个中心大转盘上转动，就像收音机的波长转盘。转盘上标着许多数字刻度，从一万五直到一百万。

此刻，他俯身在机器上。他的脑袋偏向一边，呈一种紧张的聆听姿势。他的右手开始转动旋钮。指针开始在转盘上慢慢移动，移动的速度那么慢，几乎不被察觉，他在耳机里隐隐地听见一种断断续续的噼啪声。

在这噼啪声之后，他能听见一阵模糊的嗡嗡声，是机器自身发出的声音，仅此而已。他继续侧耳细听，逐渐注意到一种奇怪的感觉，似乎自己的耳朵从脑袋上被拉出去，每只耳朵都只通过一根硬硬的、触须般的细线跟脑袋相连，而且那细线还在拉长，耳朵向着一个神秘的禁地、一个危险的超音速领域不断地延伸、延伸，那个领域是耳朵以前从未有权利涉足的。

小指针慢慢地在转盘上移动，突然，他听见一声尖叫，一声可怕的、刺耳的尖叫，他猛地站起来，双手抓住桌子边缘。他盯着周围，似乎以为会看见发出尖叫的那个人。四下里没有人，只有隔壁花园里的那个女人，但发出尖叫的肯定不是她。只见她弯下腰，剪下几朵黄玫瑰放进篮子里。

又来了——一声不是喉咙发出的、非人的尖叫，锐利、短促，非常清晰、冷峻。这声音本身有一种微弱的金属特质，是他以前从未听到过的。克劳斯纳看了看周围，本能地寻找声音的来源。视线里只有隔壁的那个女人。他看见她弯下身，用一只手抓住一株玫瑰的茎，然后用剪刀把花茎剪断。他又听见了尖叫声。

就在玫瑰花茎被剪断的那一刻发出。

就在这时，女人直起身，把剪刀放在装玫瑰的篮子里，转身准备离开。

“桑德斯夫人！”克劳斯纳喊道，兴奋得声音发尖，“哦，桑德斯夫人！”

女人转过身，看见她的邻居站在自家的草坪上—— 一个兴奋不已、挥着胳膊的小个子，头上戴着耳机—— 正在招呼她，声音那么高亢响亮，使她感到有点惊慌。

“再剪一朵！请你赶快再剪一朵！”

女人站着没动，呆呆地看着他。“怎么了，克劳斯纳先生，”她说，“出什么事了？”

“请照我说的做。”他说，“再剪一朵玫瑰！”

桑德斯夫人一向认为她的邻居是个相当古怪的人，此刻看来他是彻底疯了。她迟疑着，不知道要不要跑进家里去把丈夫叫来。不用，她想。不用，他没有危险。我就迁就他一下好了。“没问题，克劳斯纳先生，随你的便。”她说。她从篮子里拿出剪刀，弯下腰，又剪了一朵玫瑰。

克劳斯纳又听见耳机里传来那种可怕的、不是喉咙发出的尖叫声，而且又是在玫瑰花茎被剪断的那一刻发出的。他摘下耳机，跑到隔开两个花园的栅栏前。“好了。”他说，“够了。不要再剪了。请不要再剪了。”

女人站在那里看着他，一只手拿着朵黄玫瑰，另一只手拿着把剪刀。

“我要告诉你一件事，桑德斯夫人，”他说，“一件你不会相信的事。”他把双手放在栅栏顶上，透过厚厚的眼镜片专注地看着她。“今天晚上，你剪了一篮子玫瑰花。你用一把锋利的剪刀把有生命的花茎剪断了，你剪的每一朵玫瑰都发出了极度可怕的尖叫声。这点你知道吗，桑德斯夫人？”

“不知道，”她说，“我肯定不知道。”

“这是真的。”他说，呼吸十分急促，但拼命克制着自己的兴奋，“我听见它们尖叫了。你每剪一朵玫瑰，我都听见了痛苦的喊叫。一种很高的声音，差不多每秒振动十三万两千次。你自己肯定是听不见的。但是我听见了。”

“是吗，克劳斯纳先生？”她决定五秒钟之内就冲回家里去。

“你也许会说，”他继续说道，“玫瑰花没有神经系统可以感觉到疼，没有喉咙可以发出叫声。你是对的。它确实没有，至少没有像我们人类这样的器官。可是你怎么知道，桑德斯夫人——”说到这里，他把身子探过栅栏，开始情绪激昂地低语，“你怎么知道，当有人把一株玫瑰花剪成两半时，它不会感到疼痛难忍，就像有人用园艺剪刀把你的手腕剪掉时那样呢？你怎么知道呢？它是活的，不是吗？”

“是的，克劳斯纳先生。哦，好了——祝你晚安。”她匆匆转身，跑过花园回家去了。克劳斯纳回到桌子旁。他戴上耳机，站在那里听了一会儿。他仍然能听见隐隐约约的噼啪声和机器的嗡嗡声，但是没有别的。他弯下腰，抓住草地上一朵白色的小雏菊。他用拇指和食指把它捏住，慢慢地左右摇晃着往上拔，把茎拔断了。

从他开始拔花茎，直到花茎被拔断的一刻，他听见——他在耳机里清清楚楚地听见——一种隐隐的、高亢的声音，透着一种奇怪的死气沉沉。他又捏住一朵雏菊，把它拔了下来。他又一次听见了喊叫，但不再那么确定这叫声表达了痛苦。不，不是痛苦，而是惊讶。不是吗？它表达的其实并不是人类所熟知的感情或情绪。这只是一声喊叫，一声中性的、冰冷的喊叫——一个不带感情的音符，没有表达任何东西。那些玫瑰花也是一样。他称之为痛苦的喊叫是不对的。一朵花可能根本感觉不到疼痛。它感觉到的是别的东西，是我们根本不知道的——也许是名为土灵、丝布尔或普林克门之类的东西。

他站起身，摘掉了耳机。天黑了，他看见周围人家的窗户里亮起了点点灯光。他小心翼翼地把黑箱子从桌上搬起来，抱着它走进小木棚，放在了工作台上。然后他走了出来，锁上门，回到房子里去了。

第二天早晨天刚亮，克劳斯纳就起床了。他穿好衣服，直接来到了小木棚。他用两只手把沉重的机器抱在胸前，摇摇晃晃地走到外面。他经过房子，出了大门，穿过马路朝公园走去。他在公园里停住脚步，看了看四周。然后他继续往前走，来到一棵大树—— 山毛榉树前，把机器放在靠近树干的地面上。他快步返回家里，从煤窖里找到一把斧头，拿着它穿过马路走进公园。他把斧头放在树旁边的地上。

他又看了看四周，透过厚厚的眼镜片紧张地朝各个方向窥视。周围没有人。时间是早晨六点。

他把耳机戴在头上，打开了机器。他听了一会儿那种微弱而熟悉的嗡嗡声，然后他拿起斧头，双腿叉开，摆好姿势，他抡起斧头，以吃奶的力气劈向树干的底部。斧刃深深地砍进木头，陷在里面拔不出来，而就在撞击的一刹那，他听见耳机里传来一种极为奇特的声音。这是一种新的声音，跟他以前听过的都不一样—— 一种嘶哑的、没有音调的、巨大无比的声音，一种隆隆的、低沉的、尖叫的声音，不像玫瑰花的声音那样紧迫和短促，而是拖得很长，像一声呜咽，持续了足足一分钟，斧头砍中的那一刻最响，逐渐变得低弱，直至完全消失。

克劳斯纳惊恐地盯着斧刃砍进树干的地方，然后，他慢慢抓住斧柄，把斧头从树上拔出来，扔在地上。他用手指抚摸着斧头在树上砍开的那个裂口，抚摸着裂口的边缘，想把它们压在一起，让伤口闭合，他不停地念念有词："树……哦，树……对不起……真是对不起……但是会愈合的……一定会愈合的……"

他双手放在大树的树干上，在那里站了片刻，随后突然转过身，匆匆离开了公园，他穿过马路，走进大门，回到自己家里。他走到电话机前，查了查号码簿，拨出一个号码，等待着。他用左手紧紧抓着听筒，用右手焦躁地敲着桌子。他听见电话那头在响，接着，"咔嗒"一声，听筒被拿了起来，一个男人的声音，一个睡意未醒的声音，说道："喂。哪位？"

"是斯各特医生吗？"他说。

"是的。请讲。"

"斯各特医生。你必须赶紧过来——越快越好。"

"请问你是谁？"

"我是克劳斯纳，你记得我昨天晚上跟你说过我的声音实验吧，我说我希望能够——"

"是的，是的，我记得，怎么啦？你病了吗？"

"不，我没有病，可是——"

"现在是早晨六点半，"医生说，"你并没有生病，却给我打电话。"

"请来一趟吧。越快越好。我希望有人听一听。这都快把我逼疯了！我无法相信……"

医生听出了那人声音里疯狂的、几近歇斯底里的语气，他已经习惯了听见有人用这种语气打电话来说"大事不好了，快来啊"。他慢慢地说："你真的想要我马上从床上起来，上你那儿去？"

"是的，现在。请立刻就来吧。"

"那好吧，我这就来。"

克劳斯纳在电话机旁坐下，等待着。他努力回忆大树尖叫的声音像什么，却怎么也想不出。他只能想起那声音特别巨大、可怕，曾使他惊恐发呆。他努力想象，如果是一个人被固定在地上动弹不得，有人故意把一件锋利的东西砍向他的腿，让刀刃深深地陷进伤口里拔不出来，他会发出什么样的声音呢？也许就是这种声音？不。完全不同。树的声音比已知的人类任何声音都要惨烈，因为它带有那种可怖的、没有音调、不是喉咙发出的特质。他开始考虑其他生命，并立刻就想到了一片麦田，麦田里那些挺立的、金灿灿的活着的麦子，收割机在田里碾过，割断麦秸，一秒钟就是五百根麦秸，每秒钟就有五百根麦秸。哦，天哪，那声音会是什么样的？五百棵麦子同时发出尖叫，每一秒钟，都有五百个生命被切割、在惨叫、在——不，他想，我不想带着我的机器去麦田。我以后再也不吃面包了。可是，土豆、白菜、胡萝卜和洋葱呢？还有苹果呢？啊，不，苹果没事。苹果是熟了以后自己掉下来的。只要让苹果自然掉落，而不是把它们从树枝上摘下，就没有关系。可是蔬菜就不行了，比如土豆，土豆肯定会尖叫的，还有胡萝卜，还有洋葱，还有白菜……

前门的插销"咔嗒"一响，他立刻跳起来，走出房门，看见高个子医生从小路走来，手里拿着黑色的小袋子。

"你好，"医生说，"怎么样，有什么麻烦？"

"跟我走，医生。我想让你听一听。我给你打电话，是因为这件事我只告诉了你一个人。现在你就跟我一起去马路对面的公园，好吗？"

医生看着他。他似乎平静了一些。没有疯狂或歇斯底里的迹象，只是显得有些兴奋和烦躁不安。

他们穿过马路，走进公园，克劳斯纳领头走向那棵大山毛榉树，树下就放着那个长长的、黑色棺材盒一般的机器——还有一把斧头。

“你把它拿到这里来做什么？”医生问。

“我需要一棵树。花园里没有大树。”

“为什么要拿斧头？”

“你很快就会明白的。现在，请戴上这副耳机听一听。要仔细地听，事后准确地告诉我听到了什么。我想百分之百确定……”

医生笑了笑，接过耳机，戴在了耳朵上。

克劳斯纳弯下腰，打开机器仪表板上的开关。然后他拿起斧头，双腿叉开，摆好姿势，准备砍树。他突然停了停。“你听见什么声音吗？”他对医生说。

“什么？”

“你能听见声音吗？”

“只有一种嗡嗡声。”

克劳斯纳双手举着斧头站在那里，想鼓足力气砍树，可是想到大树将会发出的声音，他又停下了。

“你在等什么呢？”医生问。

“没什么。”克劳斯纳回答，他抡起斧头，朝树砍了过去。就在砍的一刹那，他似乎感觉到，他可以发誓他感觉到，他所站的那片地面动了动。他感到脚下的大地在微微地颤动，似乎大树的根在泥土里移动，但是想要收手已经来不及了，斧刃砍中大树，深深地陷进木头里。就在这时，在高高的头顶上，传来木头断裂的嘎嘎声和树叶互相碰撞的沙沙声，两人都抬起头，医生大喊一声：“当心！快跑！快，快跑！”

医生已经扯掉耳机，飞快地跑开了，但是克劳斯纳呆呆地站在原地，仰面看着那根大树枝，树枝至少有六十英尺长，正在缓缓地垂下来，最粗的地方发出吱吱嘎嘎的断裂声，那是它与大树主干的连接处。树枝哗啦啦地倒下，克劳斯纳及时地跳到一旁。树枝砸在机器上，把它砸成了碎片。

“我的天哪！”医生大喊道，跑了回来，“刚才真悬啊！我以为砸到你了！”

克劳斯纳盯着那棵树。他的大脑袋偏向一边，光滑、苍白的脸上有一种紧张和惊恐的表情。慢慢地，他走到大树前，把斧头轻轻地从树干里拔了出来。

“你听见了吗？”他转过头向医生问道。他的声音几乎低得听不见。

医生因为奔跑和兴奋，仍然有些气喘吁吁。“听见什么？”

“耳机里。斧头砍中的时候，你听见什么没有？”

医生伸手揉了揉脖子后面。“这个，”他说，“说实在的……”他顿了顿，皱起眉头，咬住下唇，“没有，好像没有。我没有把握。好像斧头砍中的那一秒钟后我就没戴耳机了。”

“是的，是的，那么你听见了什么？”

“不知道。”医生说，“我不知道我听见了什么。大概是树枝断裂的声音吧。”他语速很快，显得十分烦躁。

“那声音是什么样的？”克劳斯纳微微探过身，使劲地盯着医生，“那声音到底是什么样的？”

“哦，见鬼！”医生说，“我真的不知道。我当时只顾着赶紧躲开了。别管它了。”

“斯各特医生，那是什么样的声音？”

“看在上帝的分上，我怎么知道？当时半棵树都朝我倒下来，我逃命还来不及呢！”医生明显感到不安了。克劳斯纳也感觉到了这点。他一动不动地站着，盯着医生，整整半分钟没有说话。医生动了动脚，耸了耸肩膀，半转过身想走。“好了，”他说，“我们最好回去吧。”

“听我说。”小个子男人说，此刻他光滑、苍白的脸突然变成了绛紫色。“听我说，”他说，“你把这口子缝起来。”他指着斧头刚才在树干上砍下的豁口，“你赶紧把这口子缝起来。”

“别说傻话了。”医生说。

“按我说的做。把它缝起来！”克劳斯纳抓着斧头柄，说话声音很轻，是一种奇怪的、近乎威胁的语气。

“别说傻话了。”医生说，“我没法给木头缝针。走吧。我们回去吧。”

“怎么，你没法给木头缝针？”

“是啊，这还用说。”

“你的包里有碘酒吗？”

“如果有呢？”

“那就给伤口涂些碘酒。会有点刺痛，但也没办法。”

“好了。”医生说，他又一次转身想走，“不要胡闹了。我们回房子里去，然后……”

“给伤口涂碘酒。”

医生迟疑着。他看见克劳斯纳的双手紧紧攥着斧头柄。他认为自己唯一的选择是迅速逃走，但是他肯定不能那么做。

“好吧，”他说，“我给它涂一些碘酒。”

他拿起放在草地上十码开外的那个黑包，打开来，取出一瓶碘酒和一些脱脂棉。他走到树干旁，打开瓶塞，倒了一些碘酒在脱脂棉上，弯下腰开始把碘酒抹在刀口上。他警惕地留意着克劳斯纳，只见克劳斯纳双手攥着斧头，一动不动地站在一旁，注视着他。

“要保证让药水渗进去。”

“好的。”医生说。

“现在抹另一个伤口，它上面的那个伤口！”

医生按照吩咐做了。

“好了，”他说，“抹完了。”

医生直起身，一本正经地打量着自己的工作成果。“应该没问题了。”

克劳斯纳凑上前，严肃地检查两处伤口。

“是的。”他那颗硕大的脑袋上下点了点，说道，“是的，应该没问题了。”他退后一步，“你明天再来看看它们？”

“哦，好的，”医生说，“当然。”

“再抹一些碘酒？”

“如果需要，好的。”

“谢谢你，医生。”克劳斯纳说。他又点点头，丢下了斧头，脸上立刻浮现出笑容，一种极度兴奋的笑容。医生快步走到他面前，轻轻抓住他的胳膊，说道：“快，我们现在必须走了。”突然间，他们就走开了。他们两个人，悄然无声、步履匆匆地走过公园，穿过马路，返回那座房子。

首次发表于《纽约客》 1949.9.17

非洲的故事

对于英国来说，战争是在一九三九年九月开始的。英伦小岛上的人们立刻就知道了，开始做好准备。在较远的地方，人们是几分钟后才得到消息，他们也开始做好准备。

在东部非洲，在肯尼亚的殖民地，有一位青年是白人职业猎手，他热爱平原、山谷，以及乞力马扎罗山坡上清凉的夜晚。他也听到了要打仗的消息，也开始做好准备。他长途跋涉前往内罗毕，报名参加英国皇家空军，要求当一名飞行员。他们接收了他，他在内罗毕机场开始接受训练，开那种小型的虎蛾机，飞得相当不错。

五个星期后，他差点上了军事法庭，因为他开飞机后，并没有遵照命令练习绕圈和旋转，而是飞往纳库鲁的方向，去看平原上的野生动物。途中他以为看见了一头黑马羚，这可是非常稀罕的物种，他立刻兴奋起来，把飞机降下去，想看得更清楚些。他正从驾驶舱的左侧低头打量那头黑马羚，所以没有看见右侧的那只长颈鹿。飞机右舷的前缘砍中了长颈鹿的脖子，正好就在它的脑袋下面一点，一下子就砍穿了。他当时飞得就是那么低。机翼损坏了，但他勉强返回了内罗毕，然后，就像我前面说的，他差点上了军事法庭，因为那样的事情是搪塞不过去的，你不能说是撞上了一只大鸟，机翼和支架上还沾着长颈鹿的碎皮和长颈鹿的毛呢。

六个星期后，他第一次获得了越野单飞的机会，从内罗毕飞到一个名叫埃尔多雷特的地方，那是高原上一个海拔八千英尺的小镇。可是他又交了厄运。半路上发动机出了故障，因为燃料箱里进了水。他还算冷静，来了个漂亮的紧急迫降，飞机没有损坏。离降落处不远的地方有一个小棚屋，孤零零地立在高地平原上，周围杳无人烟。这是一片荒凉的乡村。

他朝棚屋走去，发现有个老人独自住在里面，只靠一小片甘薯地、几只褐色母鸡和一头黑奶牛过活。

老人对他很好。给了他吃食、牛奶和睡觉的地方，飞行员跟老人一起待了两天两夜，后来一架救援机从内罗毕飞来，看见了地面上他的飞机，便降落在它旁边，弄清了故障原因，返回去取来清洁汽油，使他得以起飞、返航。

在飞行员逗留期间，那个老人—— 他一直孤零零地生活，好几个月看不见一个人—— 很喜欢有他做伴，有个人可以说说话。老人说得很多，飞行员耐心地听着。老人谈到孤寂的生活，谈到夜里跑来的狮子，谈到住在西边山上的那头离群的野象，谈到白天的炎热，以及夜半的寒意和寂静。

第二天夜里，他谈到了他自己，讲了一个很长、很奇怪的故事。老人讲述的时候，飞行员觉得他通过讲这件事似乎正在卸去肩头一个沉重的包袱。老人讲完后，说他从来没有把这件事告诉过任何人，而且以后也不会再对别人讲。然而那个故事太奇怪了，飞行员一回到内罗毕，就把它写在了纸上。他不是用老人的话写故事，而是用他自己的话，把老人作为故事里的一个人物讲述那个故事，因为那是最好的方式。他以前从未写过故事，错误在所难免。他也不懂得任何文字技巧—— 作家们像画家使用绘画技巧一样使用着那些技巧，然而，在他写完后，当他放下铅笔，起身到飞行员食堂去喝一杯啤酒时，他留下的是一篇罕见而有力的故事。

两星期后，他在训练中遇难，我们清点他的遗物时，在箱子里发现了这篇故事，因为他似乎没有亲属，也因为他是我的朋友，我就收下这份手稿，替他保存。

下面就是他写的。

老人走出门，来到明亮的阳光里，他拄着拐杖站了一会儿，打量着周围，在强烈的光线下眨着眼睛。他脑袋偏向一边，眼睛往上看着，倾听他刚才仿佛听见的声音。

他矮墩墩的，有七十多岁了，但看上去更像八十五，因为风湿病使他的身体佝偻成一团。他脸上布满灰色的胡子，嘴巴只有半边能动。他不管在屋里还是屋外，头上总戴着一顶脏兮兮的白色遮阳帽。

他在耀眼的阳光里定定地站着，眯起眼睛，听着那个声音。

没错，又来了。老人的脑袋轻快地一转，看向一百码开外牧场上的那个小木屋。这次没有半点疑问了：是一只狗的叫声，是一只狗遭遇巨大危险时发出的高亢、尖利刺耳的吠叫声。狗又叫了两声，这次声音不像是吠叫，而更像是一种哀嚎。声音凄厉，更加刺耳，似乎是从身体里某个狭窄的地方迅速挤压出来的。

老人转过身，瘸着腿快步走过草地，朝贾德森住的小木屋走去，并推开门走了进去。

那只小白狗躺在地上，贾德森双腿叉开站在旁边，黑头发披散在他那长长的红脸膛上。他高个子，瘦骨嶙峋，站在那里喃喃自语，汗水浸湿了他油渍斑斑的白衬衫。他的嘴巴奇怪地耷拉着，一副毫无生气的样子，似乎下巴对他来说太重了，一滴滴口水从下巴中间轻轻滴落。他站在那里，看着躺在地上的小白狗，用一只手慢慢地捻着自己的左耳朵，另一只手里拿着一根沉甸甸的竹子。

老人没有理会贾德森，他俯身跪在他的狗身边，用瘦巴巴的双手轻轻抚摸狗的身体。狗一动不动地躺着，抬起一双泪汪汪的眼睛看着他。贾德森没有动弹，他注视着狗和老人。

慢慢地，老人站起身，他用双手撑着拐杖头，十分费力地缓缓直起身子。他打量着木屋里。远处墙角的地上铺着一张肮脏的、皱巴巴的垫子，那张木头桌子是用包装箱做的，上面放着做饭用的简易炉和一个裂了口的蓝色搪瓷平底锅。地板上有一些鸡毛和泥巴。

老人看见了他需要的东西。一根沉重的铁条靠在床垫旁边的墙上，他一瘸一拐地走过去，拐杖咚咚地砸着空洞的木地板。他瘸着腿走向房间那头，狗的眼睛一直跟着他。老人把拐杖换到左手，用右手拿起铁条，踉踉跄跄回到狗的身边，毫不迟疑地举起铁条，重重地砸向狗的脑袋。他把铁条扔在地上，看着贾德森，贾德森双腿叉开站在那里，口水滴在下巴上，眼角周围在抽搐。老人走到贾德森面前，开始说话。他的话说得很轻、很慢，带着可怕的怒气，说话时只有半边嘴巴在动。

“你打死了它。”他说，“你打断了它的背。”

接着，随着怒气的上升，他有了气力，也有了更多的话要说。他抬起头，对准高个子的贾德森脸上啐了一口，贾德森眼角周围抽搐着，朝墙边退去。

“你这个肮脏、卑鄙的杂种，竟然打狗！这是我的狗。你他妈的有什么权力打我的狗，你说。回答我，你这个流口水的疯子。快回答我。”

贾德森把左手的手掌在衬衫前襟上慢慢地上下擦了擦，现在他的整张脸都开始抽搐了。他没有抬眼，说道："它不停地舔它爪子上的那块地方。我受不了它发出的声音。你知道我没法忍受那种声音，吧嗒，吧嗒，吧嗒。我叫它别舔了。它抬起头，摇晃着尾巴，可接着又继续舔。我实在是没法忍受，就打了它。"

老人什么也没说。一时间，他似乎想把这家伙狠狠揍一顿。他微微抬起胳膊，接着又垂下了，朝地上啐了一口，转过身，一瘸一拐地走出门，走进阳光里。他穿过草地，走向站在小金合欢树的树荫下反刍的那头黑奶牛，奶牛注视着他从小木屋瘸着腿走过草地。它继续反刍，嘎吱嘎吱地咀嚼，下巴机械地、有规律地动着，像一台慢速的节拍器。老人一瘸一拐地走过去，站在奶牛身边，抚摸它的脖子。然后，他靠在奶牛的肩膀上，用拐杖头挠它的后背。老人在那里站了很长时间，靠在奶牛身上，用拐杖给它挠后背。偶尔，他会跟奶牛说话，压低声音说悄悄话，就像一个人在把秘密告诉另一个人。

金合欢树下很阴凉，而且几场大雨过后，肯尼亚高原上的草长得郁郁葱葱，老人的周围一片翠绿，景色十分宜人。每年的这个时候，雨季过后，这里像世界上的任何草地一样青翠和丰美。北边的远处就是肯尼亚山，山顶积雪覆盖，一道细细的白雾环绕山巅，那是凛冽的寒风形成的风暴，吹散了山顶上白色的雪粉。下面，在那座山的山坡上，有狮子和大象，夜里有些时候，还能听见狮子抬头望月时的咆哮。

日子一天天过去，贾德森默默地在农场里干活，像一台机器一样，收玉米，刨甘薯，给那头黑奶牛挤奶，老人待在屋里，躲避酷烈的非洲阳光。只有到了傍晚，空气开始变得清凉，不那么闷热了，他才摇摇晃晃地走到外面，他总是走向他的黑奶牛，陪它在金合欢树下消磨一小时。一天，他出来时发现贾德森站在奶牛身旁，用奇怪的眼神打量它，他站姿很特别，一只脚在前，一只脚在后，右手轻轻地捻着自己的耳朵。

“又怎么啦？”老人瘸着腿走过去，说道。

“奶牛嚼个不停。”贾德森说。

“它在反刍呢。”老人说，“别管它。”

贾德森说：“那声音，你听不见吗？嘎吱嘎吱的，就好像在嚼石子儿，其实不是，它只是在嚼草和唾沫。你看看它，它不停地嚼啊嚼，嘎吱，嘎吱，嘎吱，其实就是草和唾沫。这声音直往我的脑袋里钻。”

“滚。”老人说，“滚，别让我看见你。”

天亮的时候，老人像往常一样坐了起来，看着窗外，注视着贾德森从他的小木屋出来，去挤牛奶。他看见贾德森睡眼惺忪地走过田地，边走边喃喃自语，拖着双脚，在湿漉漉的草地上留下一道墨绿色的脚印，手里提着那个四加仑[1]的旧煤油桶，那是他的挤奶桶。太阳从悬崖顶上升起来了，男人、奶牛和小金合欢树后面拖了长长的影子。老人看见贾德森放下煤油桶，又看见他从金合欢树旁拿过那个木箱子，坐在上面，准备挤奶。老人看见他突然跪下来，用双手抚摸奶牛的乳房，与此同时，老人从他坐的地方注意到，奶牛已经没有奶了。他看见贾德森站起身，快步朝棚屋走过来。贾德森走过来站在老人坐着的窗户根旁，抬起了头。

“奶牛没有奶了。”他说。

---

1 英美制容量单位，1 英制加仑 =4.546092 升。

老人从敞开的窗户探出身去，双手撑在窗台上。

“你这个下作的混蛋，准是你偷的。”

“我没有偷。”贾德森说，“我一直在睡觉。”

“就是你偷的。”老人把身子又往窗外探出一些，用半边嘴巴轻声说道，“我要把你打得屁滚尿流。”他说。

贾德森说：“夜里有人偷奶，是当地人，基库尤人。要么就是奶牛病了。”

老人觉得贾德森说的是实情。“再看看吧，”他说，“看它今天晚上有没有奶。现在，看在基督的分上，快从我眼前消失。”

晚上，奶牛的乳房满了，老人注视着贾德森从它身下挤出两夸脱浓稠的好牛奶。

第二天早晨，奶牛没有奶。到了晚上，它乳房是满的。第三天早晨，它又没有奶了。

第三天夜里，老人去站岗。天刚一擦黑，他就坐在敞开的窗口，腿上放着一杆十二号口径的旧滑膛枪，等着夜里来偷偷挤奶的那个小偷。一开始，四下里漆黑一片，他连奶牛都看不见，但是不一会儿，四分之三个月亮升上了山坡，周围有了光亮，几乎像白天一样了。天气很冷，因为高地的海拔有七千英尺，放哨的老人打着哆嗦，把褐色的毛毯拉上来，紧紧裹住肩膀。现在他可以清楚地看见奶牛了，清楚得就像白天一样，那棵小金合欢树在草地上投下黑黑的影子，因为月亮在它的后面。

整整一夜，老人坐在那里盯着奶牛，中间只起身过一次，瘸着腿回房间里去再拿一条毛毯，除此之外，他的眼睛一刻也没离开过奶牛。奶牛静静地站在小树下，眼望着月亮，慢吞吞地反刍。

天亮前一小时，它的乳房满了。老人看得很真切。他一直在注视着它，虽然没有看见它鼓涨的过程，就像看不见钟表上时针的移动一样，但是他意识到牛奶正流下来把乳房灌满。还有一个小时天就亮了。月亮悬得很低，但月光并未消失。他能看见奶牛、小树和奶牛周围绿色的草地。突然，他脑袋一挺。他听见了动静。没错，他听见的是一种响动。是的，又出现了，一阵沙沙声，就在他坐着的窗户根下的草地上。他迅速站起身，靠在窗台上朝地面望去。

他看见了。一条黑色的大蛇，曼巴蛇，足有八英尺长，有男人的胳膊那么粗，正爬过潮湿的草地，直奔奶牛而去，爬的速度很快。它那梨形的小脑袋从地面上微微抬起一点，身体贴着湿草移动，发出清晰的沙沙声，就像喷气式飞机正在喷气一样。老人举枪准备射击。几乎就在同时，他又把枪放下了，不知道为什么，他坐在那里没有动，注视着曼巴蛇慢慢靠近奶牛，听着它爬过时发出的声音，看着它爬到奶牛身边，等着它发起攻击。

但是蛇并没有攻击。它抬起头，把头轻轻前后摇晃了几下，然后把黑色身体的前半截高高抬起，凑到奶牛的乳房下，用嘴轻轻叼住一个粗大的奶头，开始喝奶。

奶牛没有动。四下里听不到一点声音，曼巴蛇的身体从地面优美地抬起来，悬吊在奶牛的乳房下。黑色的蛇，黑色的奶牛，在月光下显得那么清晰。

足足半个小时，老人注视着曼巴蛇吸走奶牛的奶。他看见它一口口吸出乳房里的奶液，黑色的身体轻柔地波动，过了一阵，他看见蛇从一个奶头换到另一个奶头，直到把奶吸得一滴不剩。然后，曼巴蛇把身体轻轻落回地面，在草地上顺着原路往回爬。它爬行时又一次发出清晰的沙沙声，又一次从老人坐着的窗户下经过，在湿漉漉的草地上留下一条细细的深色痕迹。然后，它就消失在了棚屋后面。

月亮慢慢地沉落到肯尼亚山的后面。几乎就在同时，太阳从东边的悬崖上升起，贾德森从他的木屋里出来，手里提着那个四加仑的煤油桶，他在露水深重的草地上拖着脚，睡眼惺忪地走向奶牛。老人注视着他走过来，等待着。贾德森弯下腰，用手摸了摸奶牛的乳房，这时老人大声朝他喊话。贾德森听到老人的声音，跳了起来。

“又没了。”老人说。

贾德森说：“是啊，没有奶了。”

“我想，”老人慢悠悠地说，“我想，准是一个基库尤男孩干的。我打了个盹儿，醒来正好看见他逃走。我没法开枪，因为奶牛挡在中间呢。他从奶牛后面逃走了。今晚我再等着他。今晚我要抓住他。”老人加了一句。

贾德森没有回答。他拎起他的四加仑煤油桶，走回了他的小木屋。

那天夜里，老人又坐在窗口监视奶牛。对他来说，这次是含着几分喜悦期待着即将看到的一幕。他知道他还会看见那条曼巴蛇，但他想确保万无一失。于是，当日出前一小时，黑色的大蛇在草地上爬向那头奶牛时，老人把身子探出窗台，目光紧盯着曼巴蛇靠近奶牛的身影。他看见大蛇在奶牛的肚皮下等了一会儿，让蛇头慢慢地前后摇摆了六七下，然后终于把身体从地面上直起来，用嘴叼住奶牛的奶头。老人看见它喝了半小时，把牛奶喝得一滴不剩，然后他看见它把身体落回地面，顺着原路爬过草地，返回棚屋后面去了。老人注视着这一切时，用半边嘴巴发出了轻轻的笑声。

太阳从山丘后面升起来了，贾德森从他的小木屋里出来，手里拎着那个四加仑的煤油桶，但是这次他直接走向棚屋的窗户，老人正裹着毛毯坐在那里。

“发生了什么事？”贾德森说。

老人从窗户低头看着他。“没有。”他说，“什么事也没发生。我又打了个盹儿，那混蛋趁我睡着时过来偷走了牛奶。听我说，贾德森，”他接着说道，“我们必须抓住那小子，不然你的牛奶就短缺了，这对你倒没什么损害，但我们必须把他抓住。我不能开枪，因为那小子太机灵了，总是有奶牛挡在中间。只能由你去抓他了。”

“我抓他？怎么抓？”

老人语速非常缓慢。“我想，”他说，“我想你必须藏在奶牛身旁，就在奶牛的边上。只有这样，你才能把他抓住。”

贾德森用左手揉搓着自己的头发。

“今天，”老人继续说道，“你就在奶牛身边挖一个浅坑。如果你躺在坑里，如果我用干草和青草把你盖住，那么，小偷必须走到近旁才会发现你。”

“他可能有刀。”贾德森说。

“不，他不会有刀。你拿上你的棍子，别的就不需要了。”

贾德森说：“好的，我拿上我的棍子。等他来了，我就扑上去，用我的棍子打他。”突然，他似乎想起了什么。“它嚼个不停怎么办？”他说，“我可受不了它嚼上一整夜，嘎吱，嘎吱，嘎吱，嚼唾沫和青草，就像嚼石子儿似的。一整夜都这样，我可受不了。”他又开始用手捻他的左耳朵。

“少废话，叫你做什么就做什么。”老人说。

那天，贾德森在奶牛的身边挖坑，奶牛被拴在那棵小金合欢树上，以免它在农场上乱跑。夜幕降临了，贾德森刚要在坑里躺下过夜，老人走到他棚屋的门口，说道：“等明天凌晨再行动也不迟。奶牛的奶满了，他们才会来。到屋里来等着吧，这儿比你那脏兮兮的小木屋暖和。”

贾德森从来没有受邀进入过老人的棚屋。他跟着老人进屋，庆幸自己不用整夜躺在那个坑里。房间里点着一根蜡烛。蜡烛插在一个啤酒瓶的瓶口，啤酒瓶放在桌上。

“沏点茶吧。”老人说，指着地板上那个做饭的简易炉。贾德森点着炉子，沏了茶。两人在两个木头箱子上坐下，开始喝茶。老人喝滚烫的茶，边喝边发出很响的吸气声。贾德森不停地吹自己的茶，谨慎地小口喝着，从杯子边缘注视着老人。老人继续吸着气喝茶，最后，贾德森突然说道：“停。”他的话音很轻，几乎有些哀怨，话一出口，他的眼角和嘴巴周围便开始抽搐。

“什么？”老人问。

贾德森说：“那声音，你发出的那种吸气声。”

老人放下茶杯，静静地端详了对方片刻，然后说道：“你这辈子打死了多少只狗，贾德森？”

没有回答。

“我问你呢，多少只？多少只狗？”

贾德森开始把他茶杯里的茶叶捞出来，一根根贴在自己的左手背上。老人从木箱上探过身。

“多少只狗，贾德森？”

贾德森捞茶叶的速度加快了。他把几根手指戳进空茶杯，捞起一片茶叶，迅速地贴在手背上，然后迅速地再去捞另一片。茶杯里已不剩多少茶叶，他没有马上捞到一片，就埋下头，专注地盯着杯子里，想找到剩下的茶叶。端着杯子的那只手的手背上，贴满了湿漉漉的黑茶叶。

“贾德森！”老人大喊一声，他的半边嘴巴像老虎钳一样一开一合。蜡烛的火苗跳了一下，又静止不动了。

然后，他压低声音、轻言细语、语速缓慢，就像在对一个小孩子说话。“你这辈子，到底打死过多少只狗？”

贾德森说：“我凭什么要告诉你？”他没有把眼睛抬起来。他把手背上的茶叶一片片捏起，放回茶杯里。

“我想知道，贾德森。”老人说话的口气非常缓和，“我对这件事也很着迷。我们聊一聊吧，制订一些更有趣的计划。”

贾德森抬起目光。一股唾液滚下他的下巴，在空中悬了一会儿，断了，掉落在地板上。

“我是因为声音才打死它们的。”

“这件事你做了多少次？我很想知道有多少次。”

“许多都是很久以前的事了。”

“怎么做的？说说你以前是怎么做的。你最喜欢哪种方式？”

没有回答。

“跟我说说，贾德森。我很想知道。”

“我不明白为什么要说。这是个秘密。”

“我不会说出去的。我发誓不说出去。”

“好吧，既然你能保证。”贾德森把座位往前挪挪，压低了声音说，“有一次，我等一只狗睡着了，就搬起一块大石头砸在它脑袋上。”

老人站起身，又给自己倒了杯茶。“但你并不是这样弄死我的狗的。”

“我当时来不及。那声音太可怕了，吧嗒，吧嗒，我必须赶紧让它住嘴。”

“你没有干脆把它打死。”

“我把那声音止住了。”

老人走到门口，往外看了看。天黑了。月亮还没有升起，星星很多，夜空清冽、寒冷。东边的天际有一小片白色，就在他注视的当儿，白色越来越大，放射出耀眼的光亮，扩展到整个天空，这光亮映在高地草坡上的一颗颗小露珠里，被它们噙住。慢慢地，月亮升到了山坡上。老人转过身，说道：“做好准备吧。谁说得准呢，今晚他可能来得早。”

贾德森站起身，两人走到屋外。贾德森在奶牛身边的浅坑里躺下，老人给他盖上青草，最后只有他的脑袋露出地面。“我也会从窗口看着的。”他说，“我一喊，你就跳起来抓住他。”

他摇摇晃晃地走回棚屋，来到楼上，用毛毯裹住身体，在窗口坐定。时间还很早。月亮几乎是满的，正一点点往上爬。它映照着肯尼亚山顶上的白雪。

过了一小时，老人朝窗外喊道：“你还醒着吗，贾德森？”

“醒着，”他回答，“我醒着呢。”

“可别睡着了。”老人说，“不管怎样，都不能睡着了。”

“奶牛一直在嘎吱嘎吱。”贾德森说。

“很好，如果你现在站起来，我就朝你开枪。”老人说。

“你朝我开枪？”

“我说的是‘如果你现在站起来，我就朝你开枪’。”

从贾德森躺的地方传来一阵轻轻的啜泣声，一种奇怪的大喘气的声音，就像一个孩子拼命忍着不哭，在这喘气声中，只听贾德森的声音说道：“我需要动一动，请你让我动一动吧。这惹人厌的嘎吱声。”

“如果你站起来，”老人说，“我就朝你的肚子开枪。”

啜泣声又持续了一小时左右，突然停止了。

将近四点钟的时候，天气变得十分寒冷，老人把毛毯裹得更紧一些，大声喊道："你在外面冷吗，贾德森？你冷吗？"

"冷，"贾德森回答，"太冷了。但我不在乎，因为奶牛不再嘎吱了。它睡着了。"

老人说："你抓住了小偷，打算拿他怎么办？"

"我不知道。"

"你会杀死他吗？"

顿了顿。

"我不知道。我只管把他抓住。"

"我会看着的。"老人说，"应该很有意思。"他把胳膊撑在窗台上，从窗口探出身子。

接着，他听见窗台下面有沙沙声，抬眼一看，看见了那条黑色的曼巴蛇，在草地上蜿蜒地朝奶牛爬去，速度很快，脑袋从地面上微微抬起一点。

曼巴蛇爬到五码开外时，老人喊了起来。他把双手拢在嘴边，喊道："他来啦，贾德森。他来啦。快把他抓住。"

贾德森迅速抬起脑袋往上看。就在他这么做的时候，他看见了曼巴蛇，曼巴蛇也看见了他。就在那短短的一秒，也许是两秒，蛇停住了，把头一缩，然后身体的上半段陡然升到空中。说时迟那时快。一道黑光一闪，"砰"的一声轻响，它击中了贾德森的胸口。贾德森发出尖叫，一声长长的、高亢的尖叫，没有抑扬顿挫，保持着同样的音调，渐渐地隐入虚无，归于平静。他已经站了起来，撕扯开自己的衬衫，摸着胸口的那个地方，轻轻地哭泣着、呜咽着，嘴巴张得大大的，呼吸粗重。在这过程中，老人一直静静地坐在敞开的窗口，探出身子，眼睛一刻也没有离开下面的那个人。

被黑色曼巴蛇咬过之后，一切都会发生得很快，毒性几乎立刻就开始发作。贾德森被撂倒在地，弓起后背在草地上打滚。他不再发出声音。四下里十分安静，似乎一个力大无比的人正在跟一个看不见的巨人摔跤，似乎那个巨人正把他扭成一团，不让他站起来，把他的胳膊拉长了塞过两腿之间，把他的膝盖推上去抵在下巴底下。

然后，他开始用手拔地上的草，又过了不久，他仰面躺着，轻轻踢蹬着双腿。但是他并没能撑多久。他快速蠕动了一下，又弓起后背，同时翻了个身，接着便趴在地上不动了，右膝弯上去压在胸口下，双手伸过了头顶。

老人仍坐在窗口，即使一切都结束之后，他还是坐在那里没有动弹。金合欢树下的阴影里有了动静，曼巴蛇慢慢地朝奶牛爬去。它往前爬了一段，停住了，昂起头，等待着，又把头垂下去，再次爬到了奶牛的肚皮下面。它把身子升到空中，用嘴叼住一个褐色的奶头，开始吮吸。老人坐在那里注视着曼巴蛇吸奶牛的奶，他又一次看见它一口口吸出乳房里的奶液，它黑色的身体轻柔地波动着。

蛇还在吸奶的时候，老人站起身，离开了窗口。

“他的那份归你。”他轻声说，“没关系，他的那份归你。”说着，他回头扫了一眼，又看见曼巴蛇黑色的身体蜿蜒地从地面升起，与奶牛的肚子连在一起。

“是的，”他又说了一遍，“没关系，他的那份归你。”

首次出版于《献给你》 1945

女房东

比利·威夫搭下午的慢车，从伦敦出发，在雷丁站换乘，到达巴斯时已是晚上九点，月亮早就高高挂在车站口对面房屋上方的澄澈夜空中。天气冷得要命，风像冰冷的刀子一样刮在他脸上。

“请问，”他说，“离这里不远的地方，有没有一家便宜点的旅馆？”

“到‘铃铛和龙’去问问吧。”搬运工指着路上回答，“他们可能会让你住下。离这里大概四分之一英里，在马路对面。”

比利谢过他，拎起箱子，开始步行四分之一英里，前往“铃铛和龙”。他以前没来过巴斯，不认识住在这里的人。不过伦敦总部的格林斯拉德先生告诉他，巴斯是一座美妙的小城。“自己找地方住吧，”他说，“安顿下来之后，就去找分部经理报到。”

比利十七岁，戴一顶崭新的褐色软毡帽，穿一件崭新的海军蓝大衣，里面是一套崭新的褐色西装，自我感觉很好。他走在街道上，脚步轻快。最近，他做一切事情都尽量轻快。轻快，他认为，是所有成功商人都有的性格特征。总部的那些大亨，每时每刻都是百分之百的轻快敏捷。他们简直令人咋舌。

他走的这条街很宽，但是没有店铺，两边都排列着高大的房屋，而且每座房子都一样。有门廊、柱子，有四五级台阶通向前门，显然曾经有一个时期，这些房子都是非常豪华的住宅。然而现在，即使在黑暗中，比利也能看出门窗的木头已经油漆剥落，那些漂亮的白色门脸因为疏于维护，出现了道道裂纹，变得斑斑驳驳。

突然，在不到六码开外，一盏路灯照亮了一扇底楼的窗户，比利看见一张打印的招贴支在上层的一块玻璃上。招贴上写着“住宿加早餐”。一盆黄灿灿的菊花就放在招贴下面，高高的，十分美丽。

比利停住脚步。他凑近了一点。绿色的窗帘（好像是天鹅绒质地的）挂在窗户两侧。窗帘之间，那盆菊花看上去非常奇妙。比利走上前，透过窗户往房间里看，第一眼看见的是壁炉里明亮的旺火。炉火前面的地毯上趴着一只漂亮的腊肠狗，鼻子埋在肚子里，睡得正香。在昏暗的光线中，比利可以看到房间里摆满舒适宜人的家具。一架袖珍三角钢琴，一张大沙发，以及几把鼓鼓囊囊的扶手椅；在房间的一角，他还看见一只关在笼子里的大鹦鹉。一般来说，在这样的地方，动物总是个好的兆头，比利对自己说；总之，他觉得住在这么一座房子里应该是很不错的，肯定要比那个“铃铛和龙”舒服。

不过，酒馆会比旅馆更让人开心。那里晚上会供应啤酒，还可以掷飞镖，有许多人可以聊天，而且，价钱可能也会便宜许多。他以前在一家酒馆住过两晚，很是喜欢。他从没有住过旅馆，说实在的，心里对旅馆有一点点害怕。光是听到旅馆这两个字，就能想象到水煮白菜、抠抠搜搜的女房东，还有客厅里的那股臭咸鱼味儿。

比利在寒风里这样犹豫了两三分钟，决定继续往前走，到“铃铛和龙”去看看再做决定。他转身想走。

就在这时，出现了一件奇怪的事情。他正准备退回来，从窗口离开时，突然，鬼使神差地，他的眼睛被那张小小的招贴牢牢吸引住了。“住宿加早餐”……“住宿加早餐”……“住宿加早餐”。每个字都像一只黑色的大眼睛，透过玻璃盯着他，抓住他、逼着他、强迫他留在这里，不要离开这座房子，还没等反应过来，他竟然真的从窗口走向房子的前门，踏上那几级台阶，伸手去摸门铃。

他按响了门铃，听见铃声在房屋深处的一个房间里响起，接着，说时迟那时快——这肯定是立刻发生的，因为他还没来得及把手指从门铃上收回——门突然打开，门里站着一个女人。

正常情况下，你按响门铃，起码得等上半分钟，门才会开，这女人却像一个玩偶盒子，比利一按门铃——她就跳出来了！比利吃了一惊。

女人大约四十五到五十岁，一看见比利，就朝他露出一个亲切、热情的微笑。

“请进来吧。”女人和颜悦色地说。她让到一边，把门开得大大的，比利发现他不由自主地开始往前走。跟着女人走进这座房屋的冲动，更准确地说，是欲望，简直强烈得出奇。

“我看见窗户里的招贴了。”他克制着自己，说道。

“是的，我知道。”

“我想知道有没有房间。”

“都给你准备好了，亲爱的。”女人说。她有一张红扑扑的圆脸，一双非常温柔的蓝眼睛。

“我正要去‘铃铛和龙’。”比利对她说，“但碰巧看到了你窗户里的那张招贴。”

“亲爱的孩子。”她说，“外面天气这么冷，你为什么不进来呢？”

“房费多少？”

“一晚上五先令六便士，含早餐。”

便宜得令人难以置信，比他愿意支付的价钱少了一半多。

“如果嫌贵，”女人又说，“也许我可以再降一点儿。你早餐想吃一个鸡蛋吗？眼下鸡蛋很贵的。如果减掉那个鸡蛋，就少收六便士。”

“五先令六便士没有问题。”比利回答，“我非常愿意住在这里。”

“我就知道你会愿意。快进来吧。”

她看上去特别和蔼可亲，完全就像你最好的同学邀请你到他家去过圣诞节时，他妈妈长的那个样子。于是，比利摘下帽子，跨过了门槛。

“就挂在那儿好了。”女人说，“我来帮你脱大衣。”

大厅里没有别的帽子或大衣。也没有雨伞，没有拐杖——什么都没有。

“这里只有我们俩。”女人说，一边领路往楼上走，一边扭头笑微微地看着比利，“你也看到了，我的这个蜗居是很少接待客人的。”

这位大妈有点儿神神道道，比利对自己说。可是一晚上只收五先令六便士，管那么多干吗？“我还以为你这里挤满了想入住的人呢。”比利礼貌地说。

“哦，是这样，亲爱的，当然是这样。但问题是，我习惯性地有那么点儿挑剔和苛求——希望你明白我的意思。”

“啊，明白。”

"但是我时刻做好准备。在这座房子里，从早到晚一切就绪，指望着万一有个中意的年轻人能过来呢。偶尔，我打开门，看见站在那儿的正是理想中的人，那可真是一件高兴的事，亲爱的，一件非常非常令人高兴的事。"她走到楼梯一半，手扶着栏杆，停下身，转过头，看着比利，苍白的嘴唇含着微笑。"就像你这样的。"她加了一句，一双蓝眼睛慢慢地扫视比利的全身，一直看到他的双脚，再一点点往上看。

到了二楼平台，女人对比利说："这层归我。"

他们又上了一层。"这层全都归你。"女人说，"这是你的卧室。希望你会喜欢。"她把比利领进一间虽然小但很温馨的正面卧室，打开了灯。

"早晨的阳光会从窗户照进来，珀金斯先生。是珀金斯先生，没错吧？"

"不是。"比利说，"我姓威夫。"

"威夫先生。真好。我在被子里放了一个暖水瓶，去去潮气，威夫先生。在一张陌生的床上，有干净的床单，有一个热乎乎的暖水瓶，真是太舒服了，是吧？你如果感到冷，可以随时打开煤气取暖炉。"

"谢谢你。"比利说，"真是太谢谢你了。"他注意到，床上的床罩拿掉了，被子的一侧被整齐地掀开，等着人钻进去。

"你来了我真高兴。"女人热切地端详着他的脸，说道，"我开始时还担心你不进来呢。"

"不会的。"比利欢快地答道，"你不用为我担心。"他把箱子放在椅子上，动手打开。

"亲爱的，晚餐想吃什么？你来这儿之前，有没有弄点什么东西吃吃？”

“我一点儿也不饿，谢谢你。”比利说，“我想尽快上床睡觉，因为明天要早起，到办事处去报到。”

“那好。我这就离开，让你把箱子里的东西拿出来。不过，在你睡觉前，能不能麻烦你到一楼的客厅去一下，在登记簿上签个字？每个人都得签字，这是地方法律的规定，在目前这个阶段，我们可不能违反法律啊，是不是？”她朝比利轻轻挥了挥手，快步走出房间，关上了门。

这位女房东似乎有点儿精神不正常，但是比利没有感到丝毫的不安。毕竟，这女人不仅没有危险——这是毫无疑问的——而且一眼就能看出是个善良和慷慨的人。比利猜她可能在战争中失去过一个儿子，或者有过类似的遭遇，一直没有从打击中恢复过来。

几分钟后，比利拿出了箱子里的东西，洗了洗手，便快步来到楼下，走进客厅。女房东不在，但壁炉里火光熊熊，那条小腊肠狗仍趴在炉前睡得正香。房间里有种说不出的温馨和舒适。我是个幸运的人。他搓着双手，想道。感觉真不错。

他发现房客登记簿摊开放在钢琴上，便掏出钢笔，写下自己的姓名和地址。这一页在他前面只登记了两个人。每个人面对房客登记簿时都会多看几眼，他便也看了起来。一位是来自卡迪夫的克里斯托弗·姆霍兰德，另一位是来自布里斯托尔的格里高利·W.坦普尔。

真奇怪，他突然想。克里斯托弗·姆霍兰德。这名字听起来有点耳熟。

是学校里的某个男生？不对。也许是姐姐交往过的众多男青年之一，或者是爸爸的一位朋友？不是，不是，都不是。他又低头看了一眼登记簿。

克里斯托弗·姆霍兰德，卡迪夫，大教堂路231号

格里高利·W. 坦普尔，布里斯托尔，梧桐道27号

实际上，现在仔细想来，他觉得这第二个名字似乎也和第一个一样，听上去有那么几分耳熟。

“格里高利·坦普尔？”他大声念出来，一边在记忆中搜索，“克里斯托弗·姆霍兰德？……”

“多么迷人的小伙子。”后面一个声音回答，比利转过身，看见女房东轻飘飘地走进房间，双手端着一个很大的银托盘。她把托盘平端在面前，举得高高的，就好像托盘是两根拴住一匹活泼野马的缰绳。

“他们的名字有点儿耳熟。”他说。

“是吗？真有意思。”

“我几乎可以肯定，我以前在什么地方听过这两个名字。这太奇怪了，不是吗？也许是在报纸上看到过。他们不是什么名人吧？我是说有名的板球手、足球运动员之类的？”

“名人？”女人说着，把托盘放在沙发前面的矮桌上，“哦，不是，我认为他们没什么名。但是他们帅得不可思议，两个都是，这点我可以向你保证。都是高个子，年轻、英俊，亲爱的，跟你完全一样。”

比利又低头扫了一眼登记簿。“你看这儿，”他注意到了日期，说道，“最后的登记日期是两年前。”

“是吗？”

“是的，没错。克里斯托弗·姆霍兰德还要早差不多一年——三年多以前了。”

“天哪。”女人说，摇了摇头，发出一声优雅的轻叹，“我真是没想到。对我们每个人来说，时间过得多快啊，是不是，威金斯先生？”

“我姓威夫，”比利说，“威——夫。”

“哦，是的，是的！”女人大声说，在沙发上坐了下来，“我真是糊涂了。我总是左耳朵进、右耳朵出的，我必须道歉。威夫先生。”

“你知道吗？”比利说，“这件事真的非常蹊跷，你知道为什么吗？”

“哦，亲爱的，我不知道。”

“是这样的，这两个名字——姆霍兰德和坦普尔——我好像不仅分别记得它们每一个，而且，不知怎的，它们似乎还以某种特殊的方式联系在一起。似乎这两个人都因为一件同样的事情而出名，但愿你明白我的意思——就像……嗯……打个比方吧，就像登普西和滕尼，或者丘吉尔和罗斯福。”

“真有意思。”女人说，“好了，过来吧，亲爱的，和我一起坐在沙发上，我给你倒一杯好茶，拿一块姜味饼干，然后你再去睡觉。”

“你真的不必麻烦。”比利说，“太让我过意不去了。”他站在钢琴边，注视着女人摆弄那些茶杯和茶托。他注意到，女人有一双纤小的、动作敏捷的手，指甲是红色的。

“我几乎可以确定，我在报纸上看到过他们。”比利说，“我很快就能想起来。肯定能想起来。”

记忆中的某个东西，就在大脑外围的某个地方徘徊，没有什么比这更诱人的了。比利不愿放弃。

“请等一分钟，”他说，“等一分钟。姆霍兰德……克里斯托弗·姆霍兰德……不就是那个伊顿公学男生的名字吗？他到西南部去远足，突然之间……”

“加奶吗？”女人说，“加糖吗？”

“好的，多谢。突然之间……”

“伊顿公学的男生？”女人说，“哦，不对，亲爱的，那不可能，我的那位姆霍兰德先生上我这儿来的时候，肯定不是伊顿公学的男生。他是剑桥的本科生。好了，过来，坐在我身边，在这可爱的炉火前暖暖身子。来吧。你的茶都给你准备好了。”她拍了拍身边沙发上的空位，然后坐在那里笑眯眯地看着比利，等着他走过来坐下。

比利慢慢地走向房间那边，轻轻坐在沙发边缘。女人把他的茶杯放在他面前的桌上。

“可以喝茶了。”女人说，“这感觉多么温馨，多么舒适啊，是不是？”

比利开始小口喝茶。女人也是。有半分钟左右，两人谁也没有说话。但是比利知道女人在看他。她把身体微微转向他，他能感觉到她的目光停留在他脸上，从她茶杯的边缘上注视着他。时不时地，比利闻到一股奇特的气味，像是从她身体里直接散发出来的。这气味丝毫也不令人反感，使比利想起了——好吧，他也不确定自己想起了什么。腌核桃？新皮革？还是医院的走廊？

最后，女人说话了：“姆霍兰德先生酷爱喝茶。我这辈子从没见过有谁像可爱可亲的姆霍兰德先生一样，喝那么多的茶。”

“我猜他是最近才离开吧。”比利说。他脑子里还在琢磨那两个名字。现在可以确定，他曾在报纸上看到过它们—— 被写在标题里。

“离开？”女人说着，扬起了眉毛，“我亲爱的孩子，他从未离开。他还在这儿。坦普尔先生也在这儿。他们都在四楼，两个人在一起。”

比利把茶杯慢慢放在桌上，眼睛盯着女房东。女房东笑眯眯地看着他，然后伸出一只白皙的手，宽慰地拍了拍他的膝盖。“亲爱的，你多大了？”她问。

“十七。”

“十七！”她喊了起来，“哦，多么完美的年龄！姆霍兰德当时也是十七。但我认为他比你矮一点点；实际上我敢肯定他没有你高，而且牙齿也远没有这么白。你有一口绝顶美丽的牙齿，威夫先生，你知道吗？”

“其实并没有看上去这么好。”比利说，“后面好多颗牙都是补过的。”

“当然啦，坦普尔先生年龄大了点儿。”女人没有理会比利的话，兀自说道，“他竟然有二十八岁了。不过，要不是他亲口告诉我，我这辈子都不会猜得到。他的身体没有一点瑕疵。”

“没有什么？”比利说。

“他的皮肤简直像婴儿一样。”

片刻的停顿。比利拿起茶杯，又喝了一口，然后又把杯子轻轻放在茶托上。他等着女人再说点什么，可是她似乎又一次陷入了沉默。比利坐在那儿，咬着下唇，目光直视着前方，看向房间那头的角落。

“那只鹦鹉，”最后他说，“你知道吗？我第一次透过窗户看见它时，完全被它骗过了。我敢发誓说它是活的。”

“唉，已经不是了。”

“把它做成这样，手也真是太巧了。”比利说，“它看上去一点也不像已经死了。是谁做的？”

“我。”

“是你做的？”

“当然。”女人说，“你也见过我的小巴赛了吧？”她冲那只舒舒服服趴在炉火前的腊肠狗点点头。比利看着腊肠狗。突然，他意识到这条狗也像鹦鹉一样，一直安安静静，一动不动。他伸出一只手，轻轻摸了摸腊肠狗的身体。后背又硬又冷，他用手指把狗毛拨到一边，看到了下面的皮肤，灰黑色的，已经风干了，但保存完好。

“天哪。”他说，“这太神奇了。”他把目光从腊肠狗身上转过来，十分崇拜地盯着跟他同坐在沙发上的小个子女人。“要完成这样一件事，肯定是非常困难的。”

“一点也不。”女人说，“我所有的小宠物离世后，我都把它们做成标本。你要不要再喝一杯茶？”

“不了，谢谢你。”比利说。茶里有一股淡淡的苦杏仁味，他不太喜欢。

“你在登记簿上签过名了，是吗？”

“哦，是的。”

“很好。以后，我万一忘记了你叫什么名字，就能随时下楼来查一查。直到现在，我还几乎每天都要查一查姆霍兰德先生和……和……”

“坦普尔先生。”比利说，“格里高利·坦普尔。我冒昧问一句，在最近两三年，除了他们，还有过别的房客吗？”

女人一只手高高举起茶杯，脑袋微微偏向左边，用眼角的余光看着比利，又给了他一个温柔的浅笑。

“没有，亲爱的。”她说，“只有你。”

首次发表于《纽约客》 1959.11.28

猪

一

很久很久以前，在纽约城里，一个漂亮的小男孩来到了这个世界，欣喜若狂的爸爸妈妈给他起名莱克星顿。

妈妈抱着莱克星顿刚从医院回到家里，就对丈夫说：“亲爱的，现在你必须带我去最豪华的餐馆吃饭，好好庆祝一下我们的继承人儿子的降生。”

丈夫温柔地拥抱她，对她说，不管哪个女人，能制造出一个像莱克星顿这样漂亮的孩子，都绝对有资格去任何她想去的地方。可是，他询问道，她身子骨还比较弱，有力气在夜里满城乱逛吗？

对，她说，她没力气。可是管他呢。

于是，那天夜里，他们俩都换上漂亮的衣服，把小莱克星顿交给一位经过训练的育儿保姆，那保姆是他们以每天二十美元的价钱请来的，而且还是个苏格兰人。他们去了城里最精致、最昂贵的餐馆，每人吃了一只巨大的龙虾，两人分喝了一瓶香槟，然后他们去了一家夜总会，又喝了一瓶香槟。在那里他俩握着手，一坐好几个小时，回忆、讨论和赞美他们可爱的新生儿的每一个长相特征。

大约凌晨两点的时候，他们回到位于曼哈顿东区的家，丈夫付了出租车钱，开始在口袋里掏前门的钥匙。过了一会儿，他声称钥匙肯定留在另一件西装的口袋里了，他提议按门铃，让那个保姆下来开门放他们进去。一天二十美元雇来的育儿保姆，偶尔在大半夜把她从床上叫起来完全没问题，丈夫说。

于是，他按响了门铃。他们等待着，什么动静也没有。他又按了一次，按的时间很长，声音很响。他们又等了一分钟。接着他们都退回到街上，朝三楼育儿室的窗口大喊保姆的名字（麦伯特），但仍然没有回音。房子里静悄悄的，一片漆黑。妻子开始有了一种不祥的预感。她的小宝宝被关在这座房子里，她对自己说。只有麦伯特陪着他。麦伯特是何许人呢？他们才认识她两天，仅此而已，她有一张薄薄的嘴，一双苛责的小眼睛，胸脯像一块平板，她似乎习惯于睡得太死，这是很不安全的。如果她连前门的门铃都听不见，又怎么能指望她听见小宝宝的哭声呢？哎呀，说不定就在此时此刻，可怜的小家伙吞了自己的舌头，或被枕头堵住了呼吸呢。

“他睡觉不用枕头。”丈夫说，“你不用担心。不过，如果你想进屋，我会把你弄进去的。”喝了那么多香槟，他觉得自己无所不能。他弯下腰，解开自己的一只黑色漆皮鞋的鞋带，把鞋子脱了下来。然后，他用一个脚趾勾住鞋子，用力一甩，把鞋子直接甩向了一楼餐厅的窗户。

“走你。”他咧嘴笑着说，“从麦伯特的工钱里扣除。”

他走上前，非常小心地把一只手伸进玻璃上的那个洞，打开了窗栓。他把窗户抬了起来。

“我先把你抱进去，小妈妈。”他说，然后他抱住妻子的腰，把她从地上举了起来。这样一来，她那鲜红的大嘴正好跟他的嘴巴齐平，而且离得很近，于是他开始吻她。他凭经验知道，女人非常喜欢以这个姿势被人亲吻，身体被抱得紧紧的，两条腿悬在空中，因此他吻了很长时间。她扭动着双脚，嗓子里发出很响的吞咽声。最后，丈夫把她转过来，开始轻轻地把她从打开的窗户那里放进餐厅。就在这时，一辆警车从街上悄无声息地朝他们开来，警车大约停在三十码开外，三名爱尔兰血统的警察从车里跳出来，手里挥着手枪，朝这对夫妻的方向跑了过来。

“举起手来！”警察喊道，“举起手来！”可是丈夫不可能听从这个命令，除非他松开自己的妻子，而他一旦松手，妻子就会要么摔在地上，要么悬在那儿，半个身子在房里，半个身子在房外，这对一个女人来说是一种极不舒服的姿势。于是，丈夫继续勇敢地高举着妻子，把她往窗户里送。这几位警察都曾经因为杀死过强盗而获得奖章，他们不由分说就开了火，虽然他们还在奔跑，虽然妻子在他们面前只露出了很小一点目标，但他们还是成功地把几颗子弹射进了每具身体——对那两个人来说都足以致命。

就这样，小莱克星顿刚出生十二天，就成了一名孤儿。

二

射杀事件过后，三名警察接受了传讯，这消息被报社记者积极地报告给了这对已故夫妇的所有亲属，第二天早晨，亲属中关系最近的几个，以及两位殡仪员、三名律师和一位神父，纷纷钻进出租车，前往那座窗户被砸破的房子。他们男男女女全都集中在客厅里，在沙发和扶手椅里落座，围成一圈，抽香烟，喝雪利酒，争论现在该如何处置楼上的那个婴儿——已沦为孤儿的莱克星顿。

很快大家就发现，没有一位亲属特别积极地愿意承担照顾这个孩子的责任，讨论和争辩持续了整整一天。每个人都言之凿凿地宣称自己非常乐意，甚至有着无法抗拒的欲望去照顾莱克星顿，如果不是因为他们的公寓太小，或者家里已经有了一个婴儿，再多一个实在养不起，或者他们不知道夏天出国度假时该拿可怜的小家伙怎么办，或者他们年事已高，对小男孩的成长肯定极为不利……要不是诸如此类的种种原因，他们肯定会以极大的喜悦收养莱克星顿。当然啦，他们都知道那位父亲长期欠着大量外债，房子已经被抵押，因此根本不会有钱留给这个孩子。

晚上六点，他们仍然在十分激烈地争执，就在大家唇枪舌剑的时候，已故父亲的一位老姑妈（名叫格罗斯潘）突然从弗吉尼亚赶了过来，她连帽子和大衣都没有脱，甚至没有坐下来喘口气，对别人递来的马提尼、威士忌和雪利酒一概不予理会，她毫不含糊地对聚在一起的亲戚宣布，从此以后，她将独自承担照顾这个小男孩的责任。而且，她说，她还将承担所有经济上的责任，包括教育，其他人都可以各回各家，从此安下心来，不再内疚。她一边这么说着，一边快步走到楼上的婴儿室，一把抱起婴儿床上的莱克星顿，然后把婴儿紧紧搂在怀里，离开房子，扬长而去。那些亲戚只是坐在那里，面面相觑，脸上浮出微笑，一副如释重负的样子。保姆麦伯特不满地呆立在楼梯顶上，抿着嘴唇，双臂抱在平板一块的胸前。

就这样，婴儿莱克星顿在只有十三天大时，离开了纽约城，一路南行，到弗吉尼亚州去跟他的姑奶奶格罗斯潘一起生活。

三

格罗斯潘姑奶奶成为莱克星顿的监护人的那年，已经快七十岁了，但是看她的样子，你绝对猜不到这点。她像个三十多岁的女人一样充满活力，一张布满皱纹的小脸依然美丽，两只可爱的褐色眼睛那么温柔地对你闪着光。她还是个老处女，不过这点你也永远不会猜到，因为格罗斯潘姑奶奶身上没有半点老处女的影子。她从不尖刻、阴郁或心情烦躁。她嘴唇上的汗毛不浓密，也丝毫不嫉妒别人，单单这点就很少有老姑娘或老处女能够做到，当然啦，谁也不能确定格罗斯潘姑奶奶是否真的具有这两种身份。

但她是个古怪的老太婆，这点是毫无疑问的。在过去的三十年里，她独自一人住在蓝岭山脉，高高山坡上的一座很小的木屋里，过着一种奇怪的、与世隔绝的生活，那里离最近的村子也有好几英里。她有五英亩的牧场、一片菜地、一个花园、三头奶牛、十几只母鸡，以及一只漂亮的小公鸡。

现在，她又有了小莱克星顿。

她是一个严格的素食者，认为吃动物的肉不仅有害健康、令人恶心，而且是极为残忍的。她主要靠牛奶、黄油、鸡蛋、奶酪、蔬菜、坚果、野草和水果等洁净的食物为生，并颇为欣慰地相信，没有任何活物因为她的缘故而遭到杀戮，哪怕是一只小虾。有一次，她的一只褐色母鸡因为生蛋难产，年纪轻轻就死去了，格罗斯潘姑奶奶难过极了，差点儿就彻底不再吃鸡蛋了。

她对小婴儿一无所知，但丝毫没有为此犯难。她带着莱克星顿乘火车回弗吉尼亚，在纽约的火车站等车时，她买了六个奶瓶、两打尿片、一包安全别针、一盒路上喝的牛奶，以及一本小小的平装书《育儿大全》。除此之外还需要什么呢？火车开动后，她喂婴儿喝了些牛奶，依葫芦画瓢地给他换了尿片，然后把婴儿放在座位上让他睡觉。她把《育儿大全》从头到尾看了一遍。

“没有任何问题。”她说完就把那本书扔出了车窗外，“毫无问题。”

说来奇怪，果然毫无问题。回到那座小木屋，一切都出奇地顺利。小莱克星顿乖乖地喝奶、打嗝、喊叫、睡觉，完全是个模范婴儿，格罗斯潘姑奶奶一看到他就喜不自禁，整天抱着他亲个不停。

四

小莱克星顿六岁的时候，出落成了一个十分漂亮的男孩子，一头长长的金发，一双深邃的蓝眼睛，颜色跟矢车菊一样。他聪明伶俐，生性快活，已经学着帮老姑奶奶里里外外地干各种活计了：从鸡窝里捡鸡蛋，给奶油搅拌器摇把手，在菜园子里挖土豆，到山坡上去找野菜。过不了多久，格罗斯潘姑奶奶对自己说，她该考虑这孩子的教育问题了。

可是一想到要把他送去学校，她就觉得受不了。她这么深爱着莱克星顿，跟他分开，哪怕一分一秒，都会要了她的命。当然啦，村办学校就在下面的山谷里，但那是个看上去很可怕的地方，如果把莱克星顿送到那里，她知道他上学的第一天他们就会逼着他吃肉的。

“你知道吗，亲爱的？”有一天，莱克星顿坐在厨房的小凳子上看她做奶酪时，她对他说道，“我认为我完全可以自己教你学习功课。”

男孩抬头用他那双蓝色的大眼睛看着姑奶奶，朝她露出可爱的、信赖的笑容。“那多好啊。”他说。

“首先第一步，我要教你怎么烹饪。”

“我肯定会喜欢的，格罗斯潘姑奶奶。”

“不管喜欢不喜欢，你早晚都必须学会。”她说，“我们这样的素食者，远远不像普通人有那么多食物可以选择，所以，必须学会特别高超的厨艺，充分利用有限的食材。”

“格罗斯潘姑奶奶，”男孩说，“普通人吃的什么东西是我们不吃的呢？”

“动物。”姑奶奶回答，厌恶地甩了一下脑袋。

“你是指活的动物？”

“不。”她说，“死的动物。”

男孩思忖了片刻。

“你的意思是说，动物死后，他们不把它们埋葬，而是把它们吃掉吗？”

“他们不会等动物死去，宝贝儿。他们把动物杀死。”

“怎么把动物杀死呢，格罗斯潘姑奶奶？”

“通常是用刀子割开动物的喉咙。”

“是什么动物呢？”

“多半是牛和猪，还有羊。”

“牛！”男孩喊了起来，“你是说像雏菊、雪花莲和百合花那样的奶牛？”

“一点不错，亲爱的。”

“可是他们怎么吃这些动物呢，格罗斯潘姑奶奶？”

“他们把动物切成小块，烧熟了吃。他们最喜欢红红的、带血的、粘在骨头上的肉。他们爱吃那种往外渗血的大块牛肉。”

“猪也是吗？”

“他们可喜欢吃猪肉了。”

“一块块血淋淋的猪肉。”男孩说，“真不敢想象。他们还吃什么呢，格罗斯潘姑奶奶？”

“鸡。”

“鸡！”

“数不清的鸡。”

“连鸡毛一起吃？”

“不，亲爱的，鸡毛不吃。好了，跑到外面去，给格罗斯潘姑奶奶摘一把细香葱吧，好吗，亲爱的？”

不久之后，他们便开始上课了。一共五门功课：阅读、写作、地理、数学和烹饪，但不管是老师还是学生，都对最后一门功课情有独钟。事实上很快就能明显看出，小小年纪的莱克星顿在这方面具有得天独厚的才能。他是个天生的烹饪家。他心灵手巧，动作敏捷。他操纵那些锅碗瓢盆，就像魔术师变戏法一样。他能把一个土豆切成薄纸般的二十片，用的时间比姑奶奶给土豆削皮的时间还短。他的味觉格外灵敏，一锅浓味洋葱汤，他只要尝一口，就能立刻辨别出里面有一片鼠尾草叶子。这么年幼的一个男孩子，竟然有这样的本事，这让格罗斯潘姑奶奶有点儿迷惑不解，说句实话，她并不完全明白这是怎么回事。不过，她还是感到非常骄傲，并且预言这孩子的未来不可限量。

“感谢上帝，”她说，“在我晚年有这样一个出色的小家伙照顾我。”又过了两年，她彻底退出了厨房，由莱克星顿独揽家里的烹饪大权。此时，男孩已经十岁，格罗斯潘姑奶奶将近八十高龄。

五

厨房完全归了自己，莱克星顿立刻开始试验他发明的各种菜式。他对以前的拿手菜不再感兴趣。他有一种十分强烈的创造冲动，脑子里冒出了几百个新鲜想法。“首先，”他说，“我要发明一道栗子蛋奶酥。”他把这道菜做了出来，当天晚上就端上了桌。味道美极了。“你是个天才！”格罗斯潘姑奶奶喊道，一下子从椅子里跳起来，亲吻他的两边面颊，“你会载入史册的！”

从此一发而不可收，几乎每天都有一道新创的美味被摆上餐桌。有巴西坚果汤、香炸玉米粒、烩蔬菜、蒲公英煎蛋卷、奶油芝士饼、白菜皮包馅、红烧再生草、丽人青葱段、辣味甜菜根慕斯、酸奶油李子、荷兰干酪、马鞍萝卜、烈焰松针果馅饼，以及许许多多其他美妙的组合。格罗斯潘姑奶奶宣称，她活了大半辈子，从来没有尝过这样的美食。上午，离午饭做好还早着呢，她就出门来到前廊上，坐在自己的摇椅里，猜想着即将到来的美餐，嗅着从厨房窗户里飘来的阵阵香味，垂涎欲滴。

“今天你在里面做什么呢，孩子？”她会大声问。

“你猜猜看，格罗斯潘姑奶奶。”

“闻着有一点像婆罗门参煎饼。”她猜道，同时一个劲儿地嗅鼻子。

然后他来了，这个年仅十岁的孩子，脸上带着一点得意的笑容，手里端着一个热气腾腾的大锅，锅里是用防风草和独活草做的炖菜，堪称人间美味。

“你知道你应该做什么吗？”姑奶奶狼吞虎咽地吃着炖菜，对他说道，“你应该立刻拿着纸和笔坐下来，写一本烹饪书。”

他隔着桌子看着姑妈，慢慢嚼着嘴里的防风草。

“为什么不写？”姑妈大声说，“我教过你怎么写字，还教过你怎么烹饪，现在你要做的就是把这两件事结合起来。亲爱的，你写一本烹饪书吧，这会让你在全世界都出名的。”

“好吧，”他说，“我写。”

就在那天，莱克星顿开始写那部不朽之作的第一页，他的余生都倾注于此。他给这本书起名叫《美味健康食谱》。

六

七年后，莱克星顿十七岁时，已经记录了九千多个不同的菜的烹饪方法，全都是原创，全都很美味。

然而，因为格罗斯潘姑奶奶的不幸去世，他的辛勤工作突然终止。姑奶奶夜里突发严重的惊厥，莱克星顿听见动静，冲进她的卧室看个究竟，发现她躺在床上，一个劲儿地喊叫、咒骂，把身体扭曲成各种复杂的形状。她那副样子着实骇人，年轻人穿着睡衣，焦虑不安地在她床边转来转去，拧着双手，不知道自己到底该怎么办。最后，为了给姑奶奶降降温，他从奶牛场的池塘里打来一桶水，兜头浇在姑奶奶身上，没想到反而加重了病情，一小时不到，老太婆就一命呜呼了。

“这真是太糟糕了。”可怜的小伙子说，他掐了姑奶奶几次，看她是不是真的死了，“这太突然了！多么迅速和突然啊！唉，就在几个小时前，她还是一副兴致勃勃的样子。我刚发明的那道辣味蘑菇汉堡，她吃了足足三大份呢，还对我称赞它非常美味。”

莱克星顿难过地哭了几分钟——因为他非常爱他的姑奶奶，然后他振作起来，把姑奶奶抬到外面，埋在了牛棚后面。

第二天，他整理姑奶奶的遗物时，发现了一个信封，上面写着他的名字，是格罗斯潘姑奶奶的笔迹。他打开信封，掏出两张五十美元的钞票和一封信。“亲爱的孩子——”信里写道：

> 我知道，你从出生十三天后就没有在山下待过，但我死后，你必须穿上一双皮鞋和一件干净衬衫，下山走到村子里，找到医生，请医生给你开一份死亡证明，证实我已死亡。然后拿着这份证明去找我的律师，一个名叫塞缪尔·祖克曼先生的男人，他住在纽约城，手里有我的一份遗嘱。祖克曼先生会安排一切。这个信封里的现金，是医生开证明的费用和你去纽约的路费。到了纽约，祖克曼先生会给你更多的钱，我真心地希望你可以用那些钱继续你在厨艺和素食方面的研究，继续撰写你那部巨著，直到你认为它已全部完成，再无遗憾。
>
> 爱你的姑奶奶—— 格罗斯潘

莱克星顿一向对他的姑奶奶言听计从，他把钱放进口袋，穿上一双皮鞋和一件干净衬衫，下山去了医生所在的村子里。

“格罗斯潘老人家？”医生说，“上帝啊，她死了？”

“她肯定是死了。”年轻人回答，“如果你现在跟我回去，我就把她从地里刨出来，你可以亲自看看。”

“你把她埋得有多深？”医生问。

“约莫六七英尺深吧。”

“多久以前？”

“哦，大概八小时前。”

“那她就是死了。”医生宣布，“给，这是证明。”

七

我们的主人公出发到纽约城去找塞缪尔·祖克曼先生。他是走着去的，夜里睡在篱笆树下，靠吃浆果和野菜为生，他走了整整十六天才到达大都会。

“这是多么奇妙的一个地方啊！”他站在第五大道第五十七街的拐角，瞪大眼睛打量着周围，惊叹道，“到处都看不见奶牛和鸡群，而且那些女人都跟格罗斯潘姑奶奶完全不一样。”

至于塞缪尔·祖克曼先生，莱克星顿更是从来没有见过像他这样的人。

他是一个皮肉松弛的矮个子男人，青灰色的双下巴，一个硕大的红色酒糟鼻，一笑起来，点点金光从嘴里不同的地方朝你闪烁，令人眼晕。他在豪华的办公室里热情地跟莱克星顿握手，并为他姑奶奶的离世向他表示祝贺。

“我想，你知道你心爱的监护人是一个拥有可观财富的女人吧？”他说。

“您指的是那些奶牛和鸡吗？”

“我指的是五十万美元。”祖克曼先生说。

“多少？”

“五十万美元，我的孩子。她把它们都留给了你。”祖克曼先生往椅背上一靠，两只手交叠在他松松软软的大肚子上。与此同时，他开始偷偷地把右手的食指伸进马甲，掏到衬衫下面，去挠他肚脐眼周围的皮肤——这是他最喜欢做的一件事，总能给他带来奇特的快感。“当然啦，我要扣除百分之五十作为我的佣金。”他说，“但你还剩足足二十五万美元呢。”

“我有钱了！”莱克星顿喊道，“太美妙了！我多久能拿到这笔钱？”

“是这样的，”祖克曼先生说，“你运气不错，我碰巧跟这里的税务机构关系不错，我相信我肯定能够说服他们免除所有的死亡税和遗产税。”

“您真是太好了。”莱克星顿喃喃地说。

“我自然要给某人一笔小小的谢礼。”

“就按您说的办，祖克曼先生。”

“我认为十万美元就足够了。”

“我的天哪，那不是太多了吗？”

“千万别舍不得在税务官或警察身上花钱。”祖克曼先生说，“记住这句话吧。”

“那么我还能剩下多少呢？”年轻人低声下气地问。

“十五万美元。但你还有丧葬费需要支付呢。”

“丧葬费？”

“你得给殡仪馆付钱。这你肯定是知道的吧？”

“可是我已经自己把她给埋了，祖克曼先生，就埋在了牛棚的后面。”

“对此我没有怀疑。”律师说，“那又怎么样？”

“我从来没请过殡仪馆。”

“听着，”祖克曼先生耐心地说，“你可能不知道，这个州有一条法律规定，遗嘱受益人在付清殡仪馆所有费用之前，不得从遗产中分得一分钱。”

“您说那是一条法律？”

“当然是一条法律，而且是一条非常好的法律。殡仪馆是我们重要的国家机构之一，必须不惜一切代价保护它。”

祖克曼先生自己和一批有公德心的医生一起，控制着一家股份有限公司，在城里拥有九家铺张奢华的连锁殡仪馆，更不用说还有布鲁克林的一家棺材厂和华盛顿高地的一家尸体防腐研究所。因此，在祖克曼先生眼中，丧葬仪式是一桩很有宗教意义的事务。实际上，整个事务都对他产生了深刻的影响，那深刻的程度，可以说几乎相当于基督的诞生对店老板的影响。

“你没有权利自己那样草草地掩埋你的姑奶奶。”他说，“绝对没有。”

“我很抱歉，祖克曼先生。”

“哼，那完全是破坏性行为。”

“我完全听您的，祖克曼先生。我只想知道，付完所有的费用之后，我最终能拿到多少钱。”

停顿了片刻，祖克曼先生叹了口气，皱起眉头，继续偷偷地用指尖绕着肚脐眼周围画圈儿。

“也许会有一万五？”他提出个数字，嘴里绽开一个闪着金光的笑容，“那是个很可观的整数。”

“我今天下午能拿到手吗？”

“没有什么不可以。”

于是，祖克曼先生叫来他的总出纳，叫他从小额备用金里取一万五千美元给莱克星顿，并开具收据。到了这会儿，年轻人能拿到仨瓜俩枣就谢天谢地了，他感激地接过钱，收进了自己的背包里。然后，他热情地跟祖克曼先生握手，感谢他的所有帮助，便离开了办公室。

“整个世界都在我的面前！”我们的主人公来到街上，大声喊道，“现在有一万五千美元帮我渡过难关，坚持到我的书出版的那天。在那之后，不用说，我就能挣到更多的钱。”他站在人行道上，考虑该往哪边走。他往左一拐，顺着街道慢慢往前溜达，一边瞪大眼睛欣赏着城市的景物。

“多么令人作呕的气味。”他嗅了嗅空气，说道，“我简直无法忍受。”他敏感的嗅觉神经，被调教得只能接受最美味的烹饪香气，此刻闻到公共汽车后面喷出的柴油尾气，实在是痛苦不堪。

“在我的鼻子被彻底毁掉之前，我必须离开这个地方。”他说，“不过，我先得找点东西吃吃。我已经饿坏了。”在过去的两个星期里，可怜的小伙子只靠浆果和野菜果腹，现在他的肚子渴望着实实在在的食物。“我真想来一份上好的香炸玉米粒，”他对自己说，“或者几张鲜嫩美味的婆罗门参煎饼。”

他穿过街道，走进一家小餐馆。里面很热，安安静静的，光线昏暗。有一股浓浓的烹调脂肪和水煮白菜的气味。店里只有一位顾客，是一个头戴褐色帽子的男人，正专注地埋头吃东西，莱克星顿进来时，他连眼皮都没抬一下。

我们的主人公在墙角一张桌子旁坐下，把他的背包挂在椅背上。这件事肯定特别有意思，他对自己说。我活了整整十七年，只尝过两个人的厨艺，格罗斯潘姑奶奶和我自己的——除非再算上那个保姆麦伯特，我在襁褓中时她肯定给我热过几回奶瓶。现在，我将要品尝一位全新的厨师的手艺，如果运气好，说不定还能得到一两个有价值的好点子，写进我的书里呢。

一位侍者从后面的阴影里走出来，站在桌子旁边。

“您好。”莱克星顿说，“我想要一大份香炸玉米粒。烧热的平底锅里倒入酸奶油，每一面煎二十五秒钟，端上桌前再撒上一撮独活草—— 当然啦，除非你们的厨师知道一种更独到的做法，那样的话，我非常乐意品尝一下。”

侍者把脑袋偏向一边，仔细打量着这位顾客。“你是想要叉烧和白菜吗？”他问，“我们只剩这个了。”

“叉什么和白菜？”

侍者从裤子口袋里掏出一条脏兮兮的手帕，动作夸张地大力把它抖开，就像在甩响鞭。然后他使劲擤鼻子，声音很大，鼻涕很多。

“你到底要还是不要？”他擦着鼻孔问。

“我根本不知道你说的是什么，”莱克星顿回答，“不过很愿意尝一尝。知道吗，我正在写一本食谱……”

“一份叉烧和白菜！”侍者大喊一声，在很远的暗处，在餐馆后面的什么地方，一个声音回答了他。

侍者消失了。莱克星顿从背包里拿出他专用的那副刀叉。这是格罗斯潘姑奶奶送给他的礼物，纯银打造，是他在六岁那年得到的，从那以后，他就再也没有用过其他餐具。在等待食物上桌时，他用一块柔软的棉布喜爱地擦拭它们。

很快，侍者就回来了，手里端着一个盘子，里面是一坨热气腾腾的灰白色的东西。盘子放到莱克星顿面前时，他迫不及待地凑上去闻。他鼻孔张得大大的以便吸收香气，不住地嗅吸、抽动。

“啊，真是人间美味啊！”他惊叫道，“好香啊！真的是太美妙了！”

侍者退后一步，小心翼翼地观察着这位顾客。

“我这辈子还从没有闻到过这样醇厚和鲜美的东西呢！”我们的主人公喊道，一把抓起了他的刀叉，“这到底是什么做的？”

戴褐色帽子的男人扭过脸，瞪大眼瞧了瞧，又继续回去吃东西。侍者一步步向厨房后退。

莱克星顿切了一小片肉，用银叉子把它扎住，送到鼻子底下，又闻了闻。然后他把肉丢进嘴里，开始慢慢地咀嚼，他半闭着眼睛，身体紧绷。

“太奇妙了！”他喊道，“是一种崭新的美味！哦，格罗斯潘，我心爱的姑奶奶，多么希望您此刻跟我在一起，也能品尝这道非凡的菜啊！侍者！快过来！我有事！”

那位惊愕的侍者此刻正在房间的另一头察言观色，他似乎不愿意再靠近一步。

“你如果过来跟我聊聊，我就送你一份礼物。”莱克星顿一边说，一边挥舞着一张百元美钞，“拜托，过来跟我聊聊吧。”

侍者小心翼翼地回到桌旁，一把抢走了钱，把它举在脸前，从各个角度仔细打量。然后他把钱迅速塞进了口袋。

“你有何吩咐，我的朋友？”他问。

“是这样，”莱克星顿说，“如果你能告诉我这道美味是什么，具体做法是怎样的，我就再给你一百。”

“我已经告诉你了。”男人说，“这是叉烧。”

“叉烧到底是什么呢？”

“你以前从没吃过叉烧？”侍者问，吃惊地瞪大了眼睛。

“看在上帝的分上，朋友，快告诉我是什么吧，别再这样让我悬着心了。”

“是猪肉。”侍者说，“直接丢进炉子里就完事了。”

“猪！”

“所有的叉烧都是猪肉。你不知道吗？”

“你是说，这是猪的肉？”

“我向你保证。”

“可是……可是……这不可能呀。”年轻人结结巴巴地说，“格罗斯潘姑奶奶比世界上的任何人都更精通食物，她说不管哪一种肉，都是可怕、肮脏、龌龊的，是令人恶心、作呕、倒胃口的。可是我面前盘子里的这块肉，无疑是我这辈子尝过的最美味的东西。对此你究竟能作何解释呢？如果它并不令人作呕，格罗斯潘姑奶奶肯定不会那么对我说的。”

“也许你的姑奶奶不会做肉食。”侍者说。

“有这种可能吗？”

“绝对有可能。特别是猪肉。猪肉必须做得非常考究，不然根本没法吃。”

“明白了！”莱克星顿喊道，“我敢说就是这么回事！她的做法不对！”他又递给那人一张百元美钞。“带我去厨房。”他说，“把烹制这块肉的那位天才介绍给我。”

莱克星顿立刻被领进了厨房，见到了厨师，那是个上了年纪的男人，脖子侧面有一块癣。

“那你还得再掏一百。”侍者说。

莱克星顿欣然从命，但这次他把钱给了厨师。“请听我说，”他说，“必须承认，我完全被侍者刚才对我说的话弄糊涂了。你真的确定，我刚才吃的那道美味的菜是用猪肉做的？”

厨师举起右手，开始抓挠脖子上的那块癣。

“这个嘛，”他说，眼睛看着侍者，并朝他狡猾地眨了眨眼，

“我只能告诉你，我认为这是猪肉。”

“你是说你不能确定？”

“任何事都不可能百分之百确定。”

“那它还能是什么呢？”

“这个嘛，”厨子说，他语速很慢，眼睛仍然盯着侍者，“弄得不好，嗯，它也有可能是一块人肉。”

“你是说一个男人？”

“没错。”

“天哪。”

“或者女人。两者都有可能。味道都是一样的。”

“啊——你真的让我惊着了。”年轻人大声说。

“活到老学到老。”

“确实如此。”

“实际上，我们最近从屠夫那儿收到一大堆这玩意儿，冒充猪肉。”厨师宣称。

“真的吗？”

“麻烦的是，几乎很难分清到底是哪种。质量都非常好。”

“我刚才吃的那块简直超级棒。”

“我很高兴你喜欢。”厨师说，“说句实在话，我认为那是一块猪肉。实际上，我几乎可以肯定。”

“是吗？”

“是的。”

“那样的话，我们姑且认为你是对的。”莱克星顿说，“所以现在请你告诉我——给你添麻烦了，再给你一百美元——你能否告诉我，这道菜具体是怎么做的呢？”

厨师把钱塞进口袋，开始天花乱坠地讲述怎么烹制一块猪腰肉，年轻人一个字也不想漏掉，他在厨房的桌子旁坐下，把这个伟大的烹饪方法仔仔细细记录在本子上。

“这就完了？”厨师说完后，他问道。

“完了。”

“但除此之外肯定还有别的吧？”

“首先你得弄到一块上好的肉。”厨师说，“那是成功的一半。必须是一头好猪，宰杀的方式也要对头，不然的话，不管你用什么办法烹制，都会很难吃。”

“快教教我。”莱克星顿说，“现在就杀一头给我看，让我学习学习。”

“我们不在厨房里杀猪。”厨师说，“你刚才吃的那块肉，来自布朗克斯的一家肉类屠宰场。”

“那快把地址给我！”

厨师把地址给了他，我们的主人公反反复复地对他们俩表示感谢之后，冲到门外，跳上一辆出租车，直奔布朗克斯。

八

肉类屠宰场是一座四层的大砖楼房，周围的空气里有一种浓浓的甜丝丝的气味，很像麝香。在大门入口处，一个很大的招牌上写着“欢迎随时参观”。莱克星顿受到鼓励，穿过大门，走进环绕大楼的一个鹅卵石地面的院子。然后，他跟随一系列指示牌（参观由此向前），来到一个远离主楼的瓦楞铁屋顶的小棚屋（参观者等候室）。他礼貌地敲了敲门，走了进去。

进了等候室，在他前面有六个人。一个胖胖的母亲带着两个小男孩，年龄分别是九岁和十一岁左右；一对眼睛明亮的年轻夫妇，看样子好像在度蜜月；还有一个脸色苍白的女人，戴着一双长长的白手套，她正襟危坐，目视前方，双手叠放在大腿上。没有人说话。莱克星顿想知道他们是否都像他一样在写烹饪食谱，他大声向他们提出这个问题，却没有得到回答。几位成年人只是兀自露出神秘的微笑，对他摇了摇头，而两个孩子使劲盯着他，就像看到了一个疯子。

不一会儿，门开了，一个男人把头探进屋里，他有一张愉快的粉红色面孔，他说："下一位。"那位母亲和两个小男孩站起身，走了出去。

大约十分钟后，那个男人回来了。"下一位。"他又说道，度蜜月的那对夫妇一跃而起，跟他去了外面。

两位新的参观者走进来坐下——人到中年的丈夫和人到中年的妻子，妻子拿着一个柳条购物篮，里面装着食物。

"下一位。"导游说完，那个戴着长长的白手套的女人便起身离开了。

又有几个人走进来，坐在笔直的木椅上。

很快，导游再一次回来，轮到莱克星顿到外面去了。

"请跟我来。"导游说，领着年轻人穿过院子，朝主楼走去。

"多么令人兴奋啊！"莱克星顿喊道，两只脚轮流地蹦高，"我真希望亲爱的格罗斯潘姑奶奶此刻跟我在一起，看到我即将看到的东西。"

"我现在做的只是第一步。"导游说，"然后我会把你交给另外的人。"

“一切都听您的。”欣喜若狂的年轻人大声说。

他们首先参观了主楼后面一大片被圈起来的地方，那里有几百头猪在漫无目的地转悠。“就是从这里开始的。”导游说，“然后它们从那里进去。”

“哪里？”

“就是那里。”导游指着工厂围墙边一个长长的木头棚子，“我们称它为脚镣栏。请这边走。”

莱克星顿和导游走近时，三个穿着长筒橡胶靴的男人正把十二头猪赶进脚镣栏，于是他们一起走了进去。

“好了，”导游说，“观察一下怎么给它们上脚镣。”

进去之后，那棚子只是一间空荡荡的木屋，没有屋顶，但是有一根上面带钩子的钢丝绳，大概三英尺高，跟地面平行，慢慢地顺着一面墙移动。钢丝绳移动到棚屋的尽头，突然改变方向，垂直向上，穿过敞开的屋顶，向主楼的顶层移动。

那十二头猪挤缩在围栏的远端，静静地站在那里，神色惶恐。一个穿橡胶靴的男人从墙上抽下一截金属链条，走向离他最近的那头猪，从后面朝它靠近。然后他弯下腰，迅速用链条的一头套住猪的一条后腿。他把链条的另一头挂在不断移动的钢丝绳的一个钩子上。钢丝绳继续移动。链条绷紧了。猪的那条腿被往上和往后拖起，接着猪的整个身体都被向后拽。但是它没有倒下。这是一头非常灵活的猪，它竟然靠三条腿保持住了平衡，一跳一跳地，拼命抵抗着链条的拖拽，然而它还是在不断地后退。最后，到了围栏那头，钢丝绳改变方向、垂直往上，那头猪突然离开地面，被吊到了半空。空气中响彻着刺耳的尖叫声。

“真是一个神奇的过程。”莱克星顿说，“可是，它被吊起来时，那奇怪的嘎巴声是怎么回事？”

“可能是腿，”导游回答，“也可能是骨盆。”

“那不要紧吗？”

“有什么要紧的？”导游问，“你又不吃骨头。”

几个穿橡胶靴的男人忙着给其他的猪套上脚镣，猪一头接一头地被挂在移动钢丝绳的钩子上，然后被吊起来穿过屋顶，它们一路发出尖厉的抗议声。

“这道食谱的名堂可真多，远远不是挑野菜那么简单。”莱克星顿说，“格罗斯潘姑奶奶绝对做不出来。”

莱克星顿正仰头注视着最后一头猪被吊上去，突然，一个穿橡胶靴的男人悄悄从后面靠近他，用一根链条的一头套住了这位年轻人的左脚脖子，并把链条的另一头挂在了移动钢丝绳的钩子上。接着，还没等他反应过来是怎么回事，我们的主人公就被拽得失去平衡，后退着被拖过脚镣栏的水泥地面。

“停下！”他喊道，“赶快停下！我的腿被套住了！”

但似乎没有人听见，五秒钟后，这个不幸的年轻人被拽得离开地面，垂直向上，穿过围栏敞开的屋顶，他的一个脚脖子被套住，头朝下挂在那里，身体像鱼似的扭个不停。

“救命！”他喊道，“救命！太可怕了，弄错啦！快把机器停下！放我下去！”

导游从嘴里拿开雪茄，抬头镇静地看着迅速上升的年轻人，但他什么也没有说。而那几个穿橡胶靴的男人已经出去带下一批猪进来了。

“哦，救救我！”我们的主人公叫道，“放我下去！求求你，放我下去！”可是，此刻他正在靠近主楼的顶层，移动带在这里像蛇一样打了个弯，钻入墙上的一个大洞，它类似一个门洞，但没有门。站在那门槛上等着迎接他的，是屠夫，他穿着布满深黑污渍的黄色橡胶围裙，那样子像极了站在天国门口的圣彼得。

莱克星顿只能颠倒着看见他，而且只看了短短一眼，但即便如此，他也立刻注意到那人脸上绝对宁静和仁慈的表情，他眼睛里闪烁的愉快的光，他意味深长的淡淡笑容，以及他面颊上的酒涡——这一切使他产生了希望。

“你好。”屠夫笑微微地说。

“快！救救我！”我们的主人公喊道。

“非常乐意。”屠夫说，他用左手轻轻抓住莱克星顿的一只耳朵，举起右手，用一把刀娴熟地切开了小伙子的颈静脉。

传送带继续向前。莱克星顿也随之移动。一切仍然是颠倒的，血从他的脖颈里涌出来，流进他的眼睛，但他还能够勉强看见，他有一种模模糊糊的印象，好像他是在一间巨大的长屋子里，屋子远远的那头有一大锅热气腾腾的水，几个黑乎乎的人影在水蒸气中半隐半现，他们挥动着长杆，围着大锅的边缘跳舞。传送带似乎直接从大锅的顶上经过，那些猪似乎一头接一头地被丢进下面的沸水中，其中一头猪的前蹄上似乎还戴着长长的白手套。

突然，我们的主人公开始感到困意袭来，但是直到他那强健的心脏把最后一滴血泵出了他的身体，他才从这个最好的世界离开，进入了另一个世界。

首次出版于《吻了又吻》1960

跟动物说话的男孩

不久以前，我决定去西印度群岛待几天，度个短短的假期。朋友曾经告诉我那里很美。他们说，我可以整日悠闲地消磨时光，在银色的沙滩上晒太阳，在温暖的绿色海水里游泳。

我选了牙买加，从伦敦直接飞到了金斯顿。从金斯顿机场到北海岸我住的酒店，开车需要两个小时。岛上群山耸立，山上覆盖着黑黢黢的、遮天蔽日的森林。开出租车的大块头牙买加人告诉我，山上那些森林里住着许多邪恶的人群，他们仍在玩弄各种巫医巫术和其他魔法妖术。“千万别到山上的森林里去，”他翻着眼珠说，“那上面发生的事，会让你的头发一分钟全部变白！”

“什么样的事情？”我问他。

“最好别问。”他说，“这种事压根儿就不能谈。”然后，他就不再聊这个话题了。

我住的酒店在一片珍珠般的海滩边，环境比我原先想象的还要美丽。可是，当我走进两道敞开的大门的那一刻，就开始感到不安了。这感觉毫无来由。我看不到有什么不对劲的地方。但是这感觉确实存在，而且挥之不去。这地方有某种诡异和邪恶的东西。虽然美丽妖娆，极尽奢华，但是空气中悬浮和飘动着一丝危险，就像毒气一样。

我不能肯定诡异的只是这家酒店。似乎整个岛屿，群山和森林，海岸线上的黑色礁石，红艳艳的花团锦簇的大树，所有这些，还有其他许多东西，都使我的肌肤感到有些异样。在这座岛的表面之下，仿佛潜伏着某种不怀好意的东西。我从骨子里能感觉到。

我的酒店房间有一个小阳台，从阳台能直接走到下面的海滩上。周围到处都长着高高的椰子树，偶尔，会有一个绿色的、足球那么大的椰子从空中掉下来，“砰”的一声砸在沙地上。在椰子树下逗留无疑是一种愚蠢的行为，如果一个椰子落在你脑袋上，会把你的脑壳砸得粉碎。

给我打扫房间的那个牙买加姑娘告诉我，就在两个月前，一个名叫沃瑟曼先生的美国富人就以这样的方式送了命。

“你在开玩笑吧？”我对她说。

“没开玩笑！”她喊道，“没有！这件事是我亲眼看见的！”

“那岂不是会传得沸沸扬扬吗？”我问。

“他们没有张扬。”她神秘地回答，“酒店的人不敢声张，报社的人也是，因为这样的事情对旅游生意是非常不利的。”

“你说你亲眼看见了这件事？”

“我真是亲眼看见的。”她说，“当时，沃瑟曼先生就站在海滩的那棵树下。他拿出照相机，对准了落日。那天傍晚的落日红红的，非常美丽。突然，一个绿色的大椰子砸在了他的秃脑袋上。‘砰’！结果，”她津津有味地加了一句，“那就成了沃瑟曼先生这辈子看到的最后一个落日。”

“他当场就被砸死了吗？”

“我不知道是不是当场。”她说，“我记得接下来照相机从他手里掉到沙地上。他的胳膊垂到身体两边，耷拉在那儿。然后他开始摇晃。他慢悠悠地前后摇晃了几次，我就站在那里看着他，我对自己说，这可怜的人被砸晕了，随时都会昏倒。最后，他很慢很慢地倒在地上，一命呜呼。”

“他死了？”

“死得透透的。”她说。

“天哪。”

“没错。”她说，“起风时，站在椰子树下面不会有好下场。”

“谢谢你。”我说，“我会记住的。”

第二天傍晚，我坐在我的小阳台上，腿上放着一本书，手里端着一个高脚酒杯，里面是朗姆潘趣酒。我没有看书。我注视着六英尺外的阳台地板，那儿有一只绿色小蜥蜴在偷袭另一只绿色小蜥蜴。偷袭的蜥蜴从后面接近另一只蜥蜴，非常缓慢、非常小心地往前移动，移到近前，突然伸出一条长舌头，碰了碰另一只蜥蜴的尾巴。另一只蜥蜴跳转身来，两只蜥蜴面对着面，一动不动，像是粘在了地板上，伏着身子，非常紧张地对峙。接着，它们突然同时跳起了一种滑稽的跳脚舞。往空中跳，往后跳，往前跳，往两边跳。它们像两个拳击手一样互相打着转，不停地跳脚、蹦跶、舞蹈。这情景十分怪异，我猜它们是在进行某种求偶仪式吧。我一动不动地坐着，等着看接下来会发生什么。

可是我永远看不到接下来的一幕了，因为就在那时，我意识到下面的海滩上人声鼎沸。我朝那边看了一眼，发现一群人聚集在水边的什么东西周围。一艘狭窄的、类似独木舟的渔船停在近旁的沙地上，我只能推测那个渔夫捕了一大堆鱼，大家都挤过去看。

满满一网鱼总是能吸引我的兴趣。我把书放到一边，站了起来。还有一些人从酒店的阳台往下走，匆匆赶往沙滩，加入水边围观的人群。男人们穿着那种长达膝盖的恐怖的百慕大短裤，衬衫大红大紫，各种你能想到的颜色互相冲撞，绚丽狂放。女人的品味稍好一些，多半穿着漂亮的棉布衣裙。几乎每个人手里都端着饮料。

我拿起自己的饮料，从阳台朝下面的沙滩走去。我绕开了据说沃瑟曼先生在此送命的那棵椰子树，大步走过美丽的银色沙滩，加入人群。

他们盯着看的并不是一网鱼，而是一只海龟，肚皮朝天躺在沙滩上。多么壮观的一只海龟啊！个头特别大，简直堪称庞然大物。我真没想到一只海龟能长到这么大块头。怎么形容它的个头呢？我认为，如果它是正面趴着的，一个高个子男人坐在它背上双脚都够不着地。它大约五英尺长、四英尺宽，身上顶着一个十分美丽的高高的圆壳。

捕到海龟的那个渔夫把它翻了个身，不让它逃跑。还有一根粗粗的绳子缠在海龟壳的中间，一个满脸得意的渔夫站在不远处，用两只手抓住绳子的另一头，他赤裸着身子，只围着一块小小的缠腰布，精瘦、黝黑。

海龟肚皮朝天躺着，这只魁梧壮观的动物，四个粗厚的脚蹼在空中胡乱挥舞，皱巴巴的长脖子从壳里使劲伸出来。脚蹼上还有锋利的大爪子。

“女士们、先生们，请往后让让！”那个渔夫喊道，“尽量往后让让！那些爪子很危险的，伙计！它们会把你的胳膊从身体上扯下来！”

那群酒店客人见到这一幕景象，都兴奋和高兴极了。十几台照相机被掏了出来，咔嚓咔嚓拍个不停。许多女人快乐地尖叫着，抓住自己男人的胳膊，那些男人故意大声说一些愚蠢的话，来表现自己的无所畏惧和男子气概。

“你用那海龟壳给自己做一副漂亮的角质框眼镜吧，埃尔？”

“那玩意儿肯定有一吨重！”

“你说，它真的能浮在水里？”

“那还用说？而且是游泳健将呢，很轻松就能拖走一条船。”

“它是一只咬人龟，对吗？”

“不是咬人龟。咬人龟的块头没这么大。不过我要提醒你，如果你离它太近的话，它会一口把你的手咬断。”

“真的吗？”一个女人问渔夫，“它会咬断一个人的手？”

“那是肯定的。”渔夫笑嘻嘻地说，露出白得耀眼的牙齿，“它在海里不会伤害到你，但如果你把它抓住，把它拖到岸上，还像这样把它翻得肚皮朝天，那你最好留点神！凡是够得到的，它见什么咬什么！”

“如果我处在它这个境地，”那女人说，“我恐怕也有点想咬人呢。”

一个愚蠢的男人在沙滩上找到一块漂流木，拿着它走向海龟。那块漂流木很大，约有五英尺长、一英尺厚。他开始用漂流木的一头去捅海龟的脑袋。

“我就不会这么做。”渔夫说，“你只会把它刺激得更疯狂。”

漂流木的顶端碰到海龟的脖子时，它的大脑袋使劲一甩，嘴巴大大地张开，咔嚓，咬住了木板，一下子就把它咬穿了，就好像那是奶酪做的。

“哇！”人们喊道，“看见了吗？幸亏不是我的胳膊！”

“别招惹它。”渔夫说，“把它惹急了可没你好果子吃。”

一个大腹便便的男人，摇着肥臀、迈着短腿走到渔夫跟前，说道：“听我说，伙计。我想要那个壳。我花钱买。”然后他对自己的胖夫人说：“你知道我要怎么做吗，米尔德里德？我要把那个壳带回家，请一位专家把它打磨打磨。然后我把它放在咱们家客厅的正中央！那是不是很震撼？”

“太妙了。”那个胖夫人说，“快买下来吧，宝贝。”

“别担心。”他说，“已经归我了。”然后他对渔夫说：“海龟壳多少钱？”

“我已经把它卖掉了。”渔夫说，“连壳带肉全卖掉了。”

“别这么急着出手，伙计。”大腹便便的男人说，“我出更高的价。快说，他给你多少钱？”

“不行啦。”渔夫说，“我已经卖给他了。”

“卖给谁？”大腹便便的男人问。

“经理。”

“什么经理？”

“酒店的经理。”

“你听见了吗？”另一个男人喊道，“他把它卖给了我们酒店的经理！你知道那意味着什么吗？那意味着海龟汤啊，准没错！”

“你说得对！还有龟肉排！你吃过龟肉排吗，比尔？”

“没吃过，杰克。我都等不及了。”

“如果烧的方法对头，龟肉排比牛肉排还好吃呢。肉更嫩，味道也更浓。”

“听我说。”大腹便便的男人对渔夫说，“我不想买肉。经理可以把肉买去。壳里面的东西，包括牙齿和脚指头，都归他。我只要海龟壳。”

“我知道你的厉害，宝贝，”他的妻子笑眯眯地看着他，“你准能拿到那个壳。”

我站在那里，听着这些人的对话。他们在谈论一个生命的毁灭、消费和滋味，而这个生命，即使在肚皮朝天的时候，也有一种超凡脱俗的高贵。有一点是确定的，它的年岁比他们任何人都大。它可能已经在西印度群岛的绿色海域里漫游了一百五十年之久。乔治·华盛顿任美国总统的时候，拿破仑惨败滑铁卢的时候，它就已经存在。当时它可能还是一只小海龟，但肯定已经存在。

然而此刻，它肚皮朝天躺在沙滩上，即将任人宰割，做成汤和肉排。它显然被周围的喧闹和叫喊声弄得惊慌失措。它那苍老的、皱巴巴的脖子拼命从壳里伸出来，大脑袋扭来扭去，似乎想找到某个人来给它解释一下它为何受到这般虐待。

“你怎么把它弄到酒店去呢？”大腹便便的男人问。

“用绳子把它拖上沙滩。”渔夫回答，“酒店的人很快就会过来拖它。需要十个男人同时拖才行呢。”

“嘿，听我说！”一个肌肉发达的年轻人喊道，“我们把它拖上去不就行了？”这个肌肉发达的年轻人穿着鲜红和浅绿相杂的百慕大短裤，没穿衬衫。他的胸毛特别浓密，没穿衬衫显然是刻意而为。“我们为自己的晚餐出一把力怎么样？”他喊道，展示着结实的肌肉，“来吧，伙计们！谁想活动活动？”

“好主意！”他们喊道，“绝妙的计划！”

男人们把手中的饮料递给女人，跑过去抓住绳子。他们像拔河一样站成一排，那个胸毛浓密的男人自封为主持人和小队长。

“好了，开始吧，伙计们！”他喊道，“我一说‘拉’，你们就同时往上拉，明白吗？”

渔夫不太赞成这个计划。“我们还是把这件事交给酒店吧。”他说。

“废话！”胸毛浓密的男人说，“快拉，伙计们，拉！”

他们都使劲往上拉。巨海龟仰面摇晃了几下，差点翻了过来。

“可别把它翻过来！”渔夫嚷道，“你们再那么做，会把它翻过来的！它身子一正过来，肯定就会逃走！”

“冷静点，小伙子。”胸毛浓密的男人用高高在上的口气说，“它怎么可能逃走呢？我们用绳子缠着它呢，不是吗？”

“只要你们给它机会，这老海龟会把你们这些人都拖走！”渔夫喊道，“它会把你们都拖进海里，一个不留！”

“拉！”胸毛浓密的男人没理会渔夫，大喊一声，“快拉，伙计们，拉！”

这时，巨海龟开始非常缓慢地顺着海滩往上滑，滑向酒店，滑向厨房，滑向放着大砍刀的地方。女人、老人、胖人、力气不够大的男人，都跟在一旁，嘴里喊着加油的话。

“拉！”胸毛浓密的主持人喊道，“用尽全力，伙计们！你们还有力气没使出来呢！”

突然，我听见了尖叫声。大家都听见了。十分高亢的尖叫声，那么刺耳、那么紧迫，似乎能够穿透一切。“不——不——不！”那声音尖叫着，“不！不！不！不！不！”

人群呆住了。拔河的男人们停止了动作，旁观者们停止了喊叫，在场的每个人都把头转向尖叫声发出的地方。

我看见三个人半走半跑地从酒店冲下海滩，一个男人、一个女人和一个小男孩。男孩拽着男人，三个人一路小跑。男人抓着男孩的手腕，想使他放慢速度，但是男孩使劲把男人往前拽。与此同时，他不停地跳脚，扭动身体，想挣脱父亲的手。发出尖叫的正是这个男孩。

“不要！”他尖叫道，“不要拉它！请你们放开它！求求你们，放开它！”

那个女人是男孩的母亲，正拼命抓着男孩的另一条胳膊，帮着父亲把他拦住，可是男孩连蹿带跳，她没能拦得住。

“快放开它！”男孩尖叫道，“你们这么做简直太可怕了！放开它！”

“别这样，大卫！”母亲说，仍然想抓住他的另一条胳膊，“别这么孩子气！你完全是在瞎胡闹。”

“爸爸！”男孩尖叫，“爸爸！叫他们把它放开！”

“我不能那么做，大卫。”父亲说，“这件事情跟我们没有任何关系。”

拔河的人们一动不动，手里仍然抓着绳子，绳子那头拴着巨海龟。每个人都静静地站着，惊讶地盯着那个男孩。他们此刻似乎都有点儿茫然失措。就像做一件不那么光彩的事情时被人抓住那样，略微有些心虚。

“快走吧，大卫。”父亲说，使劲拉着男孩，“我们回酒店去，别管这些人了。”

“我不回去！”男孩大喊道，“我不想回去！我要他们把它给放了！”

“别这样，大卫。”母亲说。

“走开，小子。”胸毛浓密的男人对男孩说。

“你们真可怕、真狠心！”男孩喊道，“你们都可怕、都狠心！”他用尖厉、高亢的声音，把这些话抛向站在海滩上的四五十个成年人，这次没有人回答他，就连那个胸毛浓密的男人也没说话。“你们为什么不把它放回海里？”男孩喊道，“它根本没招惹你们！快放开它！”

父亲为他的儿子感到尴尬，但并不觉得他丢脸。“他对动物很痴迷。”他对人群说道，“他在家里养了各种各样的动物。他还跟它们说话。”

“他爱它们。”母亲说。

有几个人开始把脚在沙子里蹭来蹭去。可以感觉到人群里有几处的情绪微微产生了变化，有了某种不安，甚至有点隐隐的羞愧。男孩最多也就八九岁，此刻他不再试图挣脱父亲。父亲仍抓着他的手腕，但也不再拼命把他往回拉。

“快！”男孩大声叫道，“放开它！解开绳子，放它走！”他面对人群，小小的个子站得笔直，眼睛像两颗星星一样闪亮，风吹拂着他的头发。他气度不凡。

“我们做不了什么的，大卫。”父亲轻声说道，“快跟我们回去吧。”

“不！”男孩大喊，他突然使劲一扭，把手腕从父亲手里挣脱出来。他撒腿就跑，像一道闪电，跑过沙滩，跑向那只肚皮朝天的巨海龟。

“大卫！”父亲喊道，开始追他，“停下！快回来！”

男孩左躲右闪地穿过人群，像一个带球奔跑的运动员，只有一个人冲上前去阻拦他，是那个渔夫。“你可不能靠近那个海龟啊，孩子！”他一边喊道，一边冲向那个快速奔跑的身影。可是男孩闪身躲过了他，继续往前跑。“它会把你咬成碎片的！”渔夫嚷道，

“停下，孩子！快停下！”

现在已经来不及把他拦住了，他径直冲向海龟的脑袋，海龟看见了他，那个颠倒的大脑袋迅速转过来面对他。

男孩母亲的声音，母亲惊愕、痛苦的凄厉尖叫声，响彻暮色中的天空。“大卫！”那声音喊道，“哦，大卫！”转眼间，男孩扑通跪倒在沙滩上，伸出两只胳膊搂住了那苍老的、皱巴巴的脖子，把海龟紧紧抱在怀里。男孩的面颊贴着海龟的脑袋，他的嘴唇在动，在耳语着别人谁也听不见的悄悄话。海龟完全安静下来，就连那几个巨大的脚蹼也不再舞动。

人群中响起一片叹息，长长的、如释重负的轻声叹息。许多人往后退了一两步，似乎想尽量离他们无法理解的事情稍微远一点。但是父亲和母亲走上前来，站在距儿子大约十英尺远的地方。

“爸爸！”男孩大声喊道，仍然抱着那个苍老的褐色脑袋，“求求你，想想办法吧，爸爸！求求你，让他们把它放走吧！”

“有什么需要我帮忙的吗？”一个穿白西装的男人刚从酒店走过来，说道。这个人大家都认识，是酒店经理爱德华兹先生。他是个长着鹰钩鼻的高个子英国人，有一张粉红色的长脸。“一件多么离奇的事！”他看着男孩和海龟，说道，“他脑袋没被咬掉算他走运。”然后他对男孩说：“你最好赶紧离开那儿，孩子。那玩意儿危险。”

“我要他们把它放走！”男孩喊道，仍然把海龟的脑袋抱在怀里，“叫他们把它放走！”

“你知道吗，他随时可能被咬死。”经理对男孩的父亲说。

“别管他。”父亲说。

“废话。”经理说，“快去把这个男孩抓住。动作要快。千万小心。”

“不。”父亲说。

“不？你这是什么意思？”经理说，“这些家伙会要人命的！你难道不明白吗？”

“我明白。”父亲说。

“那么看在上天的分上，朋友，快把他拉开吧！”经理喊道，“不然的话，这准会成为一起可怕的恶性事故。”

“它的主人是谁？”父亲说，“海龟的主人是谁？”

“是我们。”经理说，“酒店把它买下来了。”

“那请你帮我一个忙。”父亲说，“你把它转卖给我吧。”

经理看着父亲，一句话也没说。

“你不了解我的儿子。”父亲说，话音很轻，“如果海龟被送到酒店杀死的话，他会发疯的。他会变得歇斯底里的。”

“快把他拖开。”经理说，“动作要快。”

“他很爱动物。”父亲说，“他真的很爱动物。他还能跟它们交流。”

人群默不作声，都听到了他们说的话。没有一个人离开，他们都像被催眠了似的站着。

“即使我们把它放了，”经理说，“他们也会再抓住它的。”

“也许吧。”父亲说，“但那动物会游泳。”

“我知道它会游泳。”经理说，“但他们还是会抓住它的。你必须明白，这是贵重物品。光那个壳就值一大笔钱。”

“我不在乎价钱。”父亲说，“不用为那个担心。我决定把它买下。”

男孩仍然跪在沙滩上，拥抱着海龟的脑袋。

经理从胸袋里掏出一条手帕，开始擦拭自己的手指。他不太愿意把海龟放走，晚餐的菜单他大概已经构想好了。但另外，他又不希望这个季节他的私人海滩上再出一起恐怖事故。这一年里，他对自己说，有沃瑟曼先生和那个椰子就够了，敬谢不敏。

父亲说："爱德华兹先生，如果你愿意把它转卖给我，算是给了我一个极大的面子。我向你保证你不会后悔的。我绝对可以保证这一点。"

经理的眉毛微微扬起了一毫米。他明白了那意思，对方在向他行贿，那就是另一码事了。他继续用手帕擦了擦手。几秒钟后，他耸了耸肩膀，说道："好吧，既然这能让你儿子感到好受些……"

"谢谢你。"父亲说。

"哦，谢谢你！"母亲喊道，"太感谢你了。"

"威利。"经理招呼那个渔夫。

渔夫走上前来，他露出一脸的迷惑不解。"我活到这么大，从没见过这样的事情。"他说，"这老海龟是我抓到过的最凶的家伙！我们把它拖进来时，它像魔鬼一样挣扎！我们整整六个人才把它搞掂！这男孩真是疯了！"

"是的，我知道。"经理说，"但现在我希望你把它放了。"

"把它放了！"渔夫惊骇地喊了起来，"你可千万不能把它放了，爱德华兹先生！它破了纪录！是这岛上抓到过的最大的海龟！绝对是最大的！再说了，我们的钱呢？"

"你们会拿到钱的。"

"还有另外五个人也要拿钱。"渔夫说，指着下面的海滩。

在下面一百米开外的水边，五个皮肤黝黑、几乎浑身赤裸的男人站在另一条渔船边。"我们六个都出力了，每人都有份。"渔夫继续说，“我们拿到了钱，我才能放掉它。”

“我保证给你们的钱一分不会少的。”经理说，“这下你满意了吧？”

“我用钱支持这个保证。”男孩的父亲说着，走上前去，“只要你们立刻把它放掉，六个渔夫还能拿到一笔额外的赏金。我说的是立刻就放，马上就放。”

那个渔夫看着父亲，然后又看着经理。“好吧，”他说，“如果你非要这样。”

“有一个条件。”父亲说，“在拿到钱之前，你们必须保证再也不会到海里去抓它。至少今晚不抓。明白吗？”

“没问题。”渔夫说，“一言为定。”他转过身，跑下海滩，大声招呼另外五个渔夫。他朝他们喊了几句我们听不清的话，一两分钟后，六个渔夫一起回来了，其中五个手里拿着又长又粗的木杆。

男孩仍然跪在海龟的脑袋边。“大卫。”父亲温和地对他说，“现在没事了，大卫。他们要把它放掉了。”

男孩看了看四周，但胳膊并没有放开海龟的脖子，身子也没有站起来。“什么时候？”他问。

“现在。”父亲说，“马上就放。所以，你最好走开吧。”

“你保证？”男孩说。

“是的，大卫，我保证。”

男孩抽回胳膊。他站起身来。他往后退了几步。

“大家都往后让让！”叫威利的那个渔夫喊道，“拜托了，诸位，都往后让让！”

人群往海滩高处挪动了几米。那些拔河的男人松开绳子，回到了其他人中间。

威利跪下来，双手着地，小心翼翼地爬向海龟的一侧。他开始解那个绳结，一边躲闪着那些大脚蹼，不让它们碰到自己。

绳结解开了，威利匍匐着爬回来。然后另外五个渔夫拿着木杆走上前。木杆大约七英尺长，十分粗重。他们把木杆塞到海龟壳底下，开始撬动，让那个庞然大物在它的壳上仰面来回摇晃。海龟壳的圆顶很高，正好适合摇晃。

“上，下！”渔夫们摇动着海龟壳，嘴里喊着号子，“上，下！上，下！上，下！”老海龟感到极度的焦躁，这也是可以理解的。几个大脚蹼在空中胡乱地抽打，脑袋不停地从壳里伸出来，又缩回去。

“把它翻过来！”渔夫们一条声地喊，“翻过来！把它翻过来！再来一次，它就翻身了！”

海龟侧着身子翘得很高，然后，它砰的一下砸在沙滩上，身体正了过来。

但是它并没有立刻走开。那个硕大的褐色脑袋伸出来，谨慎地打量着四周。

“走，海龟，快走！”小男孩大声喊，“回到海里去！”

海龟抬起两只眼皮耷拉的黑眼睛，看着男孩。它的眼睛炯炯有神，充满了久远往昔的智慧。男孩也看着海龟，这次他说话时，声音十分温柔和亲切。“再见了，老先生。”他说，“这次游得远远的。”那双黑眼睛又在男孩的脸上停留了几秒。没有人动弹。然后，这个庞然大物威风凛凛地转过身，开始摇摇摆摆地朝海边走去。它不慌不忙，安详地爬过沙滩，巨人的壳随着它的脚步轻轻地左右摇晃。

人群默默地注视着。

它进了水里。

它继续往前爬。

很快，它游了起来。现在它真是如鱼得水。它游得很优雅、很迅速，脑袋昂得高高的。海面风平浪静，它留下的小小涟漪在身后的两侧漾开，就像一条船的尾波。几分钟后，我们就看不见它了，那会儿它已经游到距离地平线一半的地方。

游客们开始慢慢地转身走回酒店。他们都出奇地安静。此刻不再有人说笑、打趣或放声大笑。刚才发生了一件怪事，有某个奇异的东西振翅掠过了海滩。

我走回我的小阳台，拿着一支烟坐了下来。我有一种不安的感觉，似乎这件事还没有结束。

第二天早晨八点钟，那个牙买加姑娘——就是她把沃瑟曼先生和椰子的故事告诉我的，端着一杯橘子汁走进我的房间。

“今天早晨酒店里闹翻天了。”她说，把杯子放在桌上，把窗帘拉开，“每个人都像疯了似的，到处乱窜。”

“为什么？出什么事了？”

“住在十二号的那个小男孩，他失踪了。昨天夜里失踪的。”

“你说的是那个海龟男孩？”

“就是他。”她说，“他的父母一个劲地嚷嚷着，经理都快要疯了。”

“他失踪多久了？”

“大约两个小时前，他父亲发现他的床上没人。但是我想，谁知道他是夜里什么时候离开的呢。”

“是啊。”我说，“都有可能。”

“酒店里的每个人都在到处寻找。”她说，“刚刚还来了一辆警车。”

“也许他只是起了个大早，去爬礁石了。”我说。

她那双神秘的黑色大眼睛在我脸上盯了一会儿，移开了。“我可不这么认为。”她说完就离开了。

我穿上几件衣服，匆匆来到下面的海滩。两个穿着卡其布制服的当地警察，正在海滩上和经理爱德华兹先生站在一起。爱德华兹先生在说话，警察耐心地听着。放眼朝海滩两边的远处望去，能看见三三两两的人们，有酒店的服务员，也有酒店的客人，他们分头去礁石寻找。这个早晨很美丽。天空是朦胧的蓝色，泛着一点微微的黄。太阳升起来了，使平静的海面上闪烁着无数颗钻石。爱德华兹先生一边大声地对两个当地警察说话，一边挥舞着胳膊。

我希望能帮上忙。我该做什么呢？我该往哪儿去呢？跟着其他人乱找是没有用的。于是，我继续朝爱德华兹先生走去。

大约就在这时，我看见了渔船。那条长长的独木船，只有一根桅杆，褐色的帆随风拍打，它仍在海面很远的地方，但正朝海滩划过来。船上一头一尾有两个当地人，正在拼命地划桨。桨起桨落的速度简直惊人，好像他们是在比赛。我停住脚步，注视着他们。为什么这样匆匆往海岸上赶？显然，他们有消息要报告。我目不转睛地盯着那条船。在我左边，我听见爱德华兹先生对两个警察说：“真是荒唐之极。我不能允许有人这样平白无故地从我的酒店失踪。你们最好赶紧把他找到，明白吗？他要么是溜达到什么地方迷了路，要么就是被绑架了。不管怎样，警察都有责任……”

渔船飞快地掠过海面，滑向海边的沙滩。两个人都丢掉桨，跳出船来。他们拔腿跑上海滩。我认出跑在前面的正是威利，他一看见经理和两个警察，便立刻朝他们冲去。

“喂，爱德华兹先生！”威利大声喊道，“我们刚才看见一件怪事！”

经理身体一僵，猛地扭过脖子。两个警察仍然无动于衷。他们对大惊小怪的人已经司空见惯，几乎每天都能见到。

威利在那三个人面前停住脚，呼吸粗重，胸口剧烈地起伏着。另一个渔夫紧跟在他身后。他们都近乎赤裸，只裹着一小块缠腰布，黧黑的皮肤上闪着亮晶晶的汗水。

“我们以最快的速度划了很远。”威利说，对自己的气喘吁吁做了解释，“我们认为应该尽快赶回来，报告这个情况。”

“报告什么情况？”经理说，“你们看见了什么？”

“真是怪事儿，先生！绝对是怪事儿！”

“快说吧，威利，看在上天的分上。”

“你肯定不会相信。”威利说，“任何人都不会相信。对不对，汤姆？”

“是啊。”另一个渔夫拼命点头，说道，“如果当时没有威利和我在一起可以证明，我自己也不会相信！”

“相信什么？”爱德华兹先生说，“快告诉我们，你们看见了什么？”

“我们一早就出海了，”威利说，“大概是今天早晨四点钟吧，离开海岸两英里左右，天色才亮起来，能看清东西了。突然，就在太阳升起的时候，我们看见就在我们前面，最多五十码开外，我们看见了一样东西，但即使是亲眼看见我们也不敢相信……”

“什么？”爱德华兹先生厉声问道，“看在上天的分上，快跟我说啊！”

“我们看见那只巨大的老海龟在那里游，就是昨天海滩上的那只，我们还看见那个男孩高高地坐在海龟的背上，像骑马一样在海上骑着它！”

“你们一定得相信！”另一个渔夫喊道，“我也看见了，所以你们一定得相信！”

爱德华兹先生看着两个警察。两个警察看着渔夫。“你们不会是在忽悠我们吧，嗯？”一个警察说道。

“我发誓！”威利喊道，“绝对是真的！那个小男孩高高地骑在老海龟的背上，两只脚都碰不到水面！他身上一滴水也没有，坐在那儿别提多舒坦了！然后我们就去追他们。我们当然要追过去。一开始，我们想神不知鬼不觉地悄悄靠近他们，就像平常抓海龟时那样，没想到那男孩看见我们了。那会儿我们已经离得不远，最多就是从这里到水边的距离。那男孩看见了我们，他把身子探上前，好像跟那只老海龟说了些什么，海龟把脑袋一扬，开始游得哧溜溜地飞快！天哪，那海龟游得真快啊！我和汤姆划船的速度够快的，但根本不可能追上那家伙！根本不可能！它的速度至少是我们的两倍！肯定有两倍那么快，你说呢，汤姆？”

“要我说，有三倍那么快呢。”汤姆说，“听我告诉你们吧。也就十到十五分钟吧，他们已经领先我们一英里了。”

“你们为什么不朝那个男孩喊话？”经理问，“先前离得近时，你们为什么不对他说话？”

“我们一直在不停地喊呀，先生！”威利大声说，“既然被男孩看见了，我们就不再想着偷偷靠近他们，这时候我们就开始喊了。我们把能想到的话喊了个遍，想叫那个男孩上我们的船。‘嘿，孩子！’我朝他喊，‘快回到我们船上来！我们送你回家！你那样不会有什么好结果，孩子！趁你还有机会，赶紧跳下水，游过来，我们会把你拉上船！快啊，孩子，快跳！你妈妈肯定在家里等你呢，孩子，干吗不到我们船上来呢？'有一次我还对他喊：'听着，孩子！我们跟你保证！只要你上我们的船，我们保证不抓那只老海龟！'”

“他回答你们没有？”经理问。

“他连头都没有回！”威利说，“他高高地坐在海龟壳上，身体在那儿前后摇晃，好像在催老海龟快点游、快点游！那小孩子恐怕是回不来了，爱德华兹先生，除非有人能以闪电的速度过去把他抓住！”

经理平日粉红色的脸已经变得白纸一样。“他们往哪儿去了？”他厉声问道。

“往北。”威利回答，“差不多是正北。”

“好！”经理说，“我们坐上快艇！威利，你陪我们一起。还有你，汤姆。”

经理、两位警察和两个渔夫，跑向停在沙滩上的那条用于滑水的船。他们把船推下水，经理也帮了一把手，他那熨得笔挺的白裤子也浸在齐膝深的水里。然后他们都坐进船里。

我看着他们疾速离去。

两小时后，我又眼睁睁看着他们回来了。他们什么也没看见。

整个白天，岸边其他酒店的快艇和游艇也都去海上搜索了。下午，男孩的父亲雇了一架直升机。他亲自坐在飞机里，在空中盘旋了三个小时。他们没有发现海龟和男孩的任何线索。

搜索进行了一个星期，一无所获。

事情发生到现在，差不多一年过去了。那段时间，只有过一个重要新闻。一伙美国人从巴哈马群岛的拿索出发，在一座名叫伊柳塞拉岛的大岛附近的深海捕鱼。这个地区有成千上万的珊瑚礁和许多无人居住的小岛。船长通过他的双筒望远镜，看到就在其中一座小岛上，有一个小小的人影。岛上有一片沙滩，那个小人儿就走在沙滩上。望远镜被传来传去，每个人看过之后都说那是一个小孩子。不用说，船上的人都很兴奋，迅速把钓鱼线收了回来。船长驾驶小船直奔那座小岛。离小岛半英里远时，他们通过望远镜清楚地看见海滩上的那个身影是个男孩，虽然晒得很黑，但几乎可以确定是个白人，不是土著。就在此时，船上的观察者们还发现，男孩近旁的沙滩上似乎有一只巨大的海龟。接下来的事情发生得很快。男孩大概看见了向小岛靠近的船，他立刻跳到海龟的背上，那个庞然大物爬进水里，以极快的速度绕过小岛，游出了视线之外。船苦苦搜寻了两个小时，可是男孩和海龟都再也不见了踪影。

没有理由怀疑这个报道，当时船上有五个人。其中四个是美国人，船长则是来自拿索的巴哈马群岛人，他们都轮流通过望远镜看到了那个男孩和海龟。

从牙买加走海路到伊柳塞拉岛，必须先往东北方向走二百五十英里，穿过古巴和海地之间的向风海峡。然后必须往西北方向至少再走三百英里。总距离是五百五十英里，对于一个骑在一只巨型海龟壳上的小男孩来说，这段行程是非常遥远的。

谁知道他是怎么想的呢？

也许有一天他会回来，但我个人对此心存怀疑。我有一种感觉，他在那儿过得很开心。

首次出版于《亨利·苏格的奇妙故事》1977

孤注一掷

第三天早晨，海面平静了。就连最娇气的乘客——那些从开船以后就没有看周围的人——也从船舱里出来，上了阳光甲板，甲板服务员给他们搬来椅子，用毯子裹住他们的腿，让他们并排躺在那儿，脸朝着苍白的、几乎没什么热量的一月的太阳。

前两天海上的风浪有点大，这突如其来的平静，以及这平静带来的舒适感，使整条船上有了一种比较亲切友善的气氛。傍晚来临时，乘客们享受了十二个小时的好天气之后，开始感到有了信心，晚上八点，主餐厅里挤满了人，他们以饱经风霜的海员的那种自信、自得的神气，大快朵颐。

晚餐还没进行到一半，乘客们就从身体与椅子的轻微摩擦意识到，大船竟然又开始颠簸了。起初这颠簸很微弱，只是大船缓缓地、懒洋洋地倾向一侧，又倾向另一侧，但这已足以使整个餐厅的情绪发生了一种微妙的、立竿见影的变化。几位乘客把目光从食物上抬起，迟疑着、等待着，几乎是在倾听下一次颠簸，脸上紧张地微笑着，眼睛里却偷偷闪烁着惊惧的光。有些完全不受干扰，有些明显自鸣得意。许多自鸣得意的人拿食物和天气开着玩笑，就为了折磨那几个开始心神不安的人。很快，船的颠簸变得越来越剧烈，在人们注意到第一次颠簸后仅仅五六分钟，船就重重地左右摇摆起来，乘客们拼命地在座位上坐稳身子，就像坐在一辆急转弯的车里。

最后，出现了最剧烈的一次颠簸，坐在乘务长那一桌的威廉·鲍提伯先生，看见他叉子下面的那盘荷兰酱淋水煮比目鱼突然滑走了。大家情绪十分激动，每个人都在伸手抓自己的盘子和葡萄酒瓶。坐在乘务长右侧的伦肖夫人惊呼了一声，抓住了那位绅士的胳膊。

“这将是个天气恶劣的夜晚。”乘务长看着伦肖夫人，说道，“我认为这将是个风暴肆虐的夜晚。”他说话的语气里隐隐透着那么一点幸灾乐祸。

一位船舱服务员匆匆走来，把水洒在了盘子间的桌布上。躁动稍稍平静了些。大多数乘客继续用餐。少部分人，其中包括伦肖夫人，小心翼翼地站起身，带着一种被掩饰的仓促，侧身从桌子之间挤过，走出门去。

“瞧，”乘务长说，“她走了。”他赞许地看了看同桌剩下来的那些人，他们安静地坐着，看上去有些得意，脸上明显露出一种独特的骄傲神情，那是旅游者被看作“好水手”时所特有的。

晚餐吃完，咖啡被端了上来，鲍提伯先生自从颠簸开始后，神色就一直格外凝重和若有所思，此刻突然站起来，端着自己的咖啡杯，绕到伦肖夫人空出来的座位上，这个座位紧挨着乘务长。他在伦肖夫人的椅子上坐下，立刻探过身去，开始在乘务长耳边急切地低语。“打扰了，”他说，“拜托，我向您打听点事情行吗？”

乘务长是个红脸庞的矮胖子，他凑过去倾听。“愿闻其详，鲍提伯先生。”

“我想知道的是——”那人神情焦虑，乘务长注视着他，“我想知道的是，船长是不是已经估算出了一天的航程——您知道，就是拍卖池的事。我指的是在船像这样开始颠簸之前。”

乘务长本来以为会听到对方透露什么个人隐私，此刻微微一笑，把身体靠回到椅背上，让吃得饱饱的肚子放松一下。“应该说是的——没错。”他答道。他并没有刻意用耳语声作答，但还是本能地压低了声音，人们在回答对方的耳语时一般都会这样。

“您认为他是多久之前估算的呢？”

“今天下午的某个时候吧。他通常是在下午做这件事。”

“大约什么时候？”

“哦，我不知道。我猜是四点钟左右吧。”

“那麻烦您告诉我一件事。船长确定的数字是多少呢？他在这上面很费工夫吗？”

乘务长看着鲍提伯先生那张焦虑的、眉头紧蹙的脸，心里很清楚他的用意何在。“啊，是这样的，船长会跟领航员碰个头，研究一下天气和其他许多因素，做出他们的估算。”

鲍提伯先生点点头，对这个回答思忖了一番。然后他说：“您认为船长当时知道今天会有恶劣天气吗？”

“这我可没法告诉您。”乘务长回答。他凝视着对方的黑色小眼睛，看到两个瞳仁里跳动着两朵兴奋的小火苗。“我真的没法告诉您，鲍提伯先生。我不可能知道。”

“如果天气变得更恶劣，买一个低位也许有赚头吧。您认为呢？”低语声此刻显得更加急切、更加焦虑。

“也许吧。”乘务长说，“我怀疑那老头儿没考虑到今晚的恶劣天气。今天下午他做出估算时，海面上还很平静呢。”

桌上的其他人已安静下来，注视着乘务长，也想听到一句半句，他们半歪着脑袋，带着专注的、倾听的神情，这种神情你在赛马场上也能看到，人们努力偷听驯马师谈论他的胜率时就是这样：嘴唇微微张开，眉毛向上扬起，脑袋前倾，稍稍歪向一边——那种急切、紧张、半痴迷的聆听神情，就像他们从马的嘴里直接听到了什么消息一样。

“那么，假如您可以买一个数字，今天您会选择哪一个呢？”鲍提伯先生小声问。

“我还不知道选择范围呢。”乘务长耐心地回答，“要等到晚餐后竞买会开始时，他们才宣布范围，而且我真的不很擅长此道。您知道，我只是个乘务长。”

听得此言，鲍提伯先生站起身来。“诸位，失陪了。”他说，然后他踩着微微摇晃的地板，从其他桌子之间小心地离开，有两次不得不用手抓住一个椅背稳住身体，克服大船的颠簸。

“去阳光甲板，谢谢。”他对开电梯的人说。

他刚一踏上露天的甲板，狂风就朝他迎面撞来。他踉踉跄跄，一把抓住栏杆，然后用双手紧紧攥住，站在那里眺望渐渐黑下来的海面，只见滔天的巨浪高高掀起，狂风激起白色的浪花，洒下大片大片的水雾。

“天气真糟糕，是不是，先生？”开电梯的人下降时说道。

鲍提伯先生用一把红色的小梳子把头发往后梳了梳。“您认为我们会因为天气不好而减速吗？”他问。

“哦，我的天哪，会的，先生。自从船开始颠簸，我们减了不少速度呢。在这个鬼天气，您肯定得减速，不然会把乘客们抛得满船打滚的。”

在下面的吸烟室里，人们已经聚在一起等候竞买会。他们彬彬有礼地围在每张桌子周围，男人穿着晚礼服，略显拘谨，用力精心刮过的脸微微有些泛红，他们僵硬地站在自己高冷的、戴着白色长手套的女人身边。鲍提伯先生在靠近拍卖师桌子的一把椅子上坐下。他交叉双腿，抱起双臂，在座位上坐定，脸上有一种孤注一掷的神情，如同一个做出重大决定、不愿再被吓退的人那样。

拍卖池里可能会有七千美元，他对自己说。过去两天卖出的数字，每一注的价格在三百到四百美元之间，加起来差不多就是这个数。这是一条英国船，他们按英镑计算，但他只愿意以本国的货币来盘算。七千美元是很大一笔钱呢。我的天哪，真的！他会怎么做呢？他会让他们付给他百元美钞，他把钱藏在上衣的内兜里带上岸。这不会有任何问题。然后，立刻，马上，他就去买一辆林肯敞篷车。他下船回去的路上就把车子选好，一路开回家，不为别的，只为了当埃塞尔走出家门、打量新车时，他会看见她脸上露出一刹那的喜悦神情。他把崭新的浅绿色林肯敞篷车轻轻开到家门口，看见埃塞尔脸上的表情，那不是太美妙了吗！嘿，埃塞尔，我的宝贝。他会这么说，语气十分随意。我突然想送给你一份小礼物。刚才路上在橱窗里看见了它，我就想起了你，想起你一直想要一辆。喜欢吗，宝贝？他会这么说。你喜欢这颜色吗？然后他就注视着她的脸。

这时，拍卖师已经站在桌子后面了。“女士们、先生们！”他大声说，“船长已经估算出一天的航程，截至明天中午，是五百一十五英里。按照惯例，两头各放宽十英里，形成竞拍范围。也就是五百零五到五百二十五。当然啦，如果有人认为实际数字与这个相差很远，我们还分别售有‘低位’和‘高位’。现在，我们从帽子里抽取第一个数字……有了……五百一十二？”

房间里鸦雀无声。人们都静静地坐在椅子里，目不转睛地看着拍卖师。空气里有一种紧张的气氛，随着叫价越来越高，气氛也越来越紧张。这不是做游戏或开玩笑。从一个男人看向另一个竞价男人的眼神，你可以确定无误地看出这一点——他也许在微笑，但只有嘴唇在笑，眼睛里却闪着寒光，十分冷峻。

五百一十二这个数字，以一百一十镑的价格卖出。接下来的三四个数字，拍卖价也大致相同。

船在剧烈地颠簸，每次颠簸时，镶在墙上的木板都吱吱嘎嘎作响，好像要裂开一样。乘客们紧紧抓住椅子的扶手，把注意力集中在拍卖上。

“一个低位数字！”拍卖师大声叫喊着，“接下来是一个低位数字！”

鲍提伯先生坐得笔直，全身绷紧。他已经拿定主意，要等其他人都完成竞价之后，他再参加进去，最后出价。他估计自家银行账户里至少应该有五百美元，也许接近六百。那就是大约二百英镑——不止二百。这一注的价格不会超过这个数。

“大家都知道，”只听拍卖师说道，“低位数包括低于竞买范围最低线的每一个数字，在今天的情况下，就是低于五百零五的每一个数字。因此，如果你们认为这条船截至明天中午，在二十四小时内的行程少于五百零五英里，就最好参加进来，购买这个低位数。好，出价多少？”

价格一路飙升到一百三十英镑。除了鲍提伯先生，其他人似乎也注意到了天气非常恶劣。一百四十……五十……然后停住了。拍卖师举起了锤子。

“一百五十英镑一次……”

“六十！”鲍提伯先生喊道，使得房间里的每个人都转过脸来看他。

“七十！”

“八十！”鲍提伯先生喊道。

“九十！”

“二百！”鲍提伯先生喊道。他现在不能停——说什么也不能停下。

现场一阵安静。

“二百英镑，还有加价吗？”

坐着别动，他对自己说。稳稳地坐着别动，眼睛别往上看。屏住呼吸。只要你屏住呼吸，就没有人会出更高的价。

“二百英镑一次……”拍卖师有个粉红色的秃脑袋，顶上闪着一颗颗小汗珠，“两次……”鲍提伯先生屏住呼吸，“三次……成交！”拍卖师把槌子砸在桌上。鲍提伯先生签出一张支票，交给拍卖师的助手，然后坐回椅子里，等待拍卖结束。他想弄清了拍卖池里有多少钱之后再上床睡觉。

最后一个数字拍出后，他们把钱数统计了一下，是两千一百多镑，也就是六千美元左右。其中百分之九十归胜者，百分之十捐给海员慈善机构。六千的百分之九十是五千四百。行——这就够了。他可以买下那辆林肯敞篷车，手里还能剩下一些钱。带着这种可喜的想法，他开心而兴奋地回自己的船舱去了。

第二天早晨，鲍提伯先生一觉醒来，先闭着眼睛躺了几分钟，倾听外面的风声，等待大船的颠簸。没有风声传来，大船也没有颠簸。他一下子跳起来，从舷窗往外看。海面——哦，上帝啊——像镜子一样平滑，大船行驶得很快，显然是想把夜里耽误的时间抢回来。鲍提伯先生转过身，慢慢地在床沿坐下。一丝轻微的恐惧开始在他的肚皮下面隐隐刺来。他现在没有希望了。这样一来，获胜的肯定是一个高位数。

“哦，天哪。”他大声说，“怎么办呢？”

比如，埃塞尔会怎么说呢？他绝对不可能告诉她，他几乎把他们两年的积蓄都拿出来，在船上的拍卖池里买了一注。这件事也不可能瞒得住。要想隐瞒，他必须叫她不再开支票。而且，电视机和《大不列颠百科全书》的月供怎么办？他已经能看见女人眼里的愤怒和轻蔑，蓝色变成灰色，一双眼睛眯了起来，每当它们含着怒气时总是这样。

“哦，天哪。怎么办？”

此时此刻，假装自己还有一线希望只能是自欺欺人—— 除非这该死的船开始往后退。他如果还想有获胜的机会，他们必须把船掉转方向，一直全速地往回开。或者，也许他可以买通船长那么做。把赢利的百分之十送给船长。如果船长想多要点也没问题。鲍提伯先生轻声笑了起来。接着，他突然停住，眼睛和嘴都像猛吃一惊似的张开了。因为就在这时，他产生了那个想法。像是突然挨了一记重击，他从床上一跃而起，在极度的兴奋中，他跑到舷窗口，又往外望去。对啊，他想，为什么不行？为什么不行？大海风平浪静，他完全可以在水面漂浮一阵，直到他们把他捞上来。他隐隐约约地感觉有人曾经做过这件事，但这并不能阻止他再做一遍。到时候，大船不得不停下，放下一条小船，小船为了救他，不得不往回走大约半英里，然后小船不得不返回大船，被吊回到甲板上。这整个过程至少要花一小时，一小时就是三十英里左右，就会从一天的行程里减掉三十英里。那就成了，到时候“低位”便能稳操胜券。只要他能确保有人看见他落水，不过那很容易安排。而且，他最好穿薄一点的衣服，便于游泳。那就穿运动衣吧，他要穿得像是去打甲板网球的样子——只穿衬衫、短裤，外加一双网球鞋。还要把他的手表留下。现在几点了？九点一刻。那就越快越好，说干就干，速战速决。必须尽快行动，因为开盘的时间就在中午。

鲍提伯先生穿着运动衣走出舱门来到阳光甲板上时，心情又害怕又兴奋。他身材矮小，臀部很宽，向上逐渐收缩，一双溜肩极为窄小，两条瘦骨嶙峋的腿上满是黑色的汗毛，这体型活像一个系船桩。他穿着网球鞋，脚步很轻，小心翼翼地来到甲板上。他紧张不安地打量四周，视线里除他之外只有一个人，是个上了年岁的女人，脚脖子很粗，屁股肥硕，正倚靠在栏杆上眺望大海。她穿着一件波斯羔羊皮大衣，领子被翻了上去，所以鲍提伯先生看不见她的脸。

鲍提伯先生一动不动地站着，从远处谨慎地打量着她。没错，他对自己说，她应该可以。她应该可以像其他人一样迅速报告险情。可是，慢着，不要着急，鲍提伯先生，不要着急。还记得几分钟前你在船舱里换衣服时对自己说的话吗？还记得吗？

在距离最近的陆地一千英里的大海上，从一条船上跳入海中，这想法使鲍提伯先生——他即使在处境极佳时也是个谨小慎微的人——格外小心。他绝对相信面前看见的这个女人在他跳海后会立刻报警，但这还远远不能让他满意。依他的想法，这女人可能有两个原因会辜负他的期望。第一，她可能又聋又瞎。这个可能性不大，但也不是没有可能，他何必冒险呢？他只需提前跟她说上几句话，就能查验清楚。第二——这证明了当涉及保命和恐惧时，一个男人会多么疑神疑鬼——第二，他突然想到，这女人可能就是拍卖时那个下高注的人，因此，她有金钱方面的正当理由，不希望大船停下。鲍提伯先生想起有人曾为了远不到六千美元的财产而杀死自己的同伙，报纸上每天都有这样的报道。所以，何必冒这个险呢？先搞搞清楚吧，确认事实，通过一小段礼貌的对话摸清底细。然后，如果那女人看上去还是个善良的、有亲和力的人，这事就不在话下，他便可以怀着轻快的心情从船上一跃而下。

鲍提伯先生悠闲地走向那个女人，在她身边倚着栏杆站住。“您好。”他和颜悦色地说。

女人转过脸，对他露出微笑，一个出奇可爱、几乎是美丽的微笑，虽然那张脸本身姿色平平。“您好。”她回答他。

第一个问题通过了，鲍提伯先生对自己说。她既不瞎也不聋。“请问，”他直奔主题，说道，“您对昨晚的拍卖怎么看？”

“拍卖？”她问，皱起了眉头，“拍卖？什么拍卖？”

“您可能知道，就是他们晚餐后在休息室搞的那个破活动，拍卖大船每日航行的英里数。我想知道您对此事怎么看。”

女人摇摇头，又露出了微笑，一种甜美的、令人愉悦的微笑，也许其中还含着一丝歉意。“我很懒，”她说，“总是早早就上床了。我在床上吃晚饭。在床上吃晚饭太安逸了。”

鲍提伯先生也朝她微笑，然后慢悠悠地走开。“现在我得去活动活动了。”他说，“我每天早晨都锻炼，雷打不动。很高兴见到您。非常高兴见到您……”他退了大约十步，女人任他离去，头也没回。

现在一切都已就绪。海面风平浪静，他穿着适合游泳的轻便衣服，几乎可以肯定，大西洋的这片海域没有吃人的鲨鱼，况且还有这位慈眉善目的老妇人会为他报警。眼下只有一个问题，到时候船停留的时间是否够长，能使命运的天平偏向他这边。这几乎是可以肯定的。不管怎样，他自己还可以把事情往那个方向推动一下。他被拖上救生船时可以制造几个障碍。游远一点，当他们靠近来想把他捞出水时，他偷偷地退后一些。争取到的每一分、每一秒，都能帮助他获胜。他又开始朝栏杆移动，突然，一种新的恐惧攫住了他的心。他会被螺旋桨缠住吗？他听说从大船侧面掉入海水的人遭遇过这样的事。不过，他不是失足掉落，而是自己纵身跳入，那是完全不同的。只要他跳得够远，肯定就能避开螺旋桨。

鲍提伯先生慢慢靠近栏杆边的一个位置，距离那个女人大约二十码。女人此刻并没有看他。这样更好，他不希望她注视着他跳入海中。只要没人看见，他事后就可以说他是不小心滑下去的。他从船的侧面往下看，掉下去好深、好深啊。仔细想想，如果平躺着落水，身体很容易受到严重损伤。不是曾有个人从高处跳水，胸腹部先着水，结果肚子都撞裂了吗？他必须垂直坠落，让脚先着水，像刀子一样劈入水中。就这么办，先生。海水看上去那么冷、那么深，灰暗暗的，使他看了不寒而栗。但是机不可失，失不再来。做个男子汉吧，威廉·鲍提伯，做个男子汉。那么好吧……说干就干……我来了……

他爬上宽大的木头栏杆顶部，站在那里摆好姿势，怪吓人地停了三秒钟，然后，纵身一跳——他尽量跳得又高又远，与此同时嘴里大喊一声："救命！"

"救命啊！救命啊！"他坠落时喊道。接着他击中水面，沉了下去。

第一声"救命"的呼喊传来时，靠在栏杆上的女人吃了一惊，诧异地跳了一小步。她迅速张望一下四周，看见了在她身旁凌空掠过的这个矮小的男人，他穿着白短裤和网球鞋，像老鹰一样张开双臂，嘴里发出喊叫。一时间，她似乎不知道自己该做什么：扔出一个救生圈，跑开去报警，还是就转身大声叫嚷？她从栏杆前退后一步，半转过身，面对船桥，在这短短的一瞬间，她全身一动不动，神情紧张，犹豫不决。几乎就在同时，她似乎放松下来，把身子探出栏杆，盯着水面，船尾的波浪汹涌翻滚。很快，水花中出现了一个小小的黑色圆脑袋，一条胳膊举在脑袋上，拼命地挥舞，一下，两下，同时似乎听见一个遥远的小小的声音在喊着什么，但是难以听清。女人又把身体往栏杆外探出一些，不让那个跳动的小黑点从视线中消失，然而，很快，真的太快了，它就被远远抛在了后面，她甚至不能肯定它是不是还在那儿。

又过了一会儿，另一个女人来到甲板上。这个女人瘦骨嶙峋，戴着一副角质框眼镜。她看见了第一个女人，便朝她走了过去，她像所有的老处女那样，以审慎的、军人般的步伐踏过甲板。

“原来你在这儿。”她说。

脚踝粗壮的女人转过身看着她，没有说话。

“我一直在找你。”瘦骨嶙峋的女人继续说道，“到处都找了个遍。”

“真奇怪。”脚踝粗壮的女人说道，“刚才有个男人从船上跳海了，身上还穿着衣服呢。”

“胡说！”

“哦，真的。他说想要活动活动，就跳进海里了，连衣服都没有脱。”

“你最好现在就下来。”瘦骨嶙峋的女人说。她的嘴突然变得很坚决，整张脸都显得尖刻、警觉，说话也不像刚才那么温和了。

“你决不能再这样独自在甲板上乱逛了。你知道得很清楚，你应该等着我的。”

“是，麦基。”脚踝粗壮的女人回答，接着她又笑了，是一种柔弱的、信赖的微笑，她拉着另一个女人的手，由她领着自己穿过甲板离开。

“多么好的一个男人。”她说，“他还朝我招手来着。”

首次发表于《纽约客》 1952.1.19

威廉与玛丽

威廉·佩尔死后没有留下多少钱财，遗嘱也很简单。除了对亲戚有一些少量的遗赠，他把所有财产都留给了妻子。

在律师事务所，律师和佩尔夫人把财产清点了一遍，事情办完后，这位遗孀起身准备离开。就在这时，律师从桌上的文件夹里拿出一个封口的信封，递给他的客户。

“我遵嘱把这个交给您。”他说，“是您的丈夫在过世前不久派人送来的。”律师脸色苍白、神情拘谨，出于对一位遗孀的尊敬，他说话时脑袋偏向一边，目光低垂。“这似乎是私密性质的，佩尔夫人。您肯定想拿回家独自阅读。”

佩尔夫人接过信封，出门来到外面的街道上。她在人行道上停住脚，摸了摸指间的那个信封。是威廉写的一封告别信？很有可能。一封正式的信。——肯定很正式——冠冕堂皇、一本正经。那男人不可能有别的表现。他这辈子从来没做过非正式的事情。

我亲爱的玛丽，我相信你不会允许我告别人世，让你心绪烦乱，但是你会继续遵守在我们共同生活的这么多年妥善引导你的那些戒律。在任何事情上都勤勉努力、不失尊严。厉行节俭。注意千万不可……等等，等等。

一封典型的威廉风格的信。

或者，有没有可能他在最后一刻放下身段，给她写了些优美动听的话？这也许是一封充满浓情蜜意的信，类似某种情书，以充满感情的笔触感谢她用人生中的三十年陪伴他，熨了一百万件衬衫、做了一百万顿饭、铺了一百万次床，这封信她可以一遍遍地反复品读，至少每天读一次，她会把它永远珍藏在她梳妆台的匣子里，跟她的胸针放在一起。

谁也不知道人之将死会做些什么，佩尔夫人对自己说。于是她把信封夹在胳膊下，匆匆返回家中。

她打开前门走进去，直接去了客厅，坐在沙发上，帽子没摘，大衣也没有脱。她拆开信封，抽出里面的东西。她看到共有十五到二十张白色横格纸，对折着，左上角别着一根回形针。每张纸上都密密麻麻写满了字，那种向前倾斜的字体，她再熟悉不过，可是她注意到信的内容这么多，写得这么公事公办、整整齐齐，而且第一页的开头就不像一封令人愉悦的信，她便开始心生疑虑。

她移开目光，给自己点了一支烟。她深吸一口，把烟放在了烟灰缸里。

她扫了一眼壁炉另一边的威廉的空椅子。那是一把褐色的皮扶手椅，座位上有个凹坑，是这么多年他的屁股坐在上面形成的。在椅背的高处，皮革表面有一块椭圆形的深色斑痕，是他脑袋曾经倚靠的地方。他经常坐在那张椅子里阅读，而她总是坐在他对面的沙发上，缝纽扣、补袜子，或给他的一件上衣的臂肘处打补丁，时不时地，会有一双眼睛从书上抬起，落在她身上，凝神注视，却又异样地毫无表情，似乎在盘算着什么。她从来都不喜欢那双眼睛。淡蓝色的、冷冰冰的，很小，而且两眼离得很近，中间有两道深深的、透着不满的竖纹把它们分开。这两只眼睛盯了她一辈子。即使此刻，独自在这房子里住了一星期之后，她有时仍有一种不安的感觉，似乎它们还在那儿，到处跟着她，从门口、从空椅子、从半夜的窗户盯着她看。

慢慢地，她把手伸进坤包，掏出眼镜戴上。然后，她把那些纸高高地举在面前，就着从身后的窗户透进来的黄昏的光，开始看了起来：

我亲爱的玛丽，这封信是写给你一个人的，将会在我死后不久交到你手上。

看到这么多内容，请你不要惊慌。其实没有什么，我只是想要准确地向你解释兰迪将会对我做的事情、我为什么同意他的做法，以及他的理论和他的愿景。你是我的妻子，你有权了解这些事情。实际上你也必须知道详情。在过去的几天里，我曾非常努力地试图跟你谈谈兰迪，但你十分坚决地不听我说。我已经告诉过你，这种态度是非常愚蠢的，而且我发现也是不无自私的。它的根源多半在于无知，我绝对相信，只要你意识到所有的事实，就会立刻改变想法。所以我希望，当我不在你身边时，当你不再感到心烦意乱时，你能安下心来，仔细听听我通过这些纸告诉你的话。我向你保证，你读完我的故事之后，心中的反感就会消失，取而代之的将是热忱。我甚至敢冒昧地希望，你会为我所做的事情感到一点骄傲。

你在继续读信时，必须尽可能原谅我这种冷冰冰的风格，因为我知道只有用这个办法才能清楚地向你传达我的意思。你知道，随着大限越来越近，我的内心自然充满了人间的各种复杂情感。我每天都越来越沉湎于黯然神伤，特别是在傍晚，我必须严密地监视自己，以免我的情感会在这些信纸上泛滥。

比如，我希望写一写你，写一写你是个多么令人满意的妻子，伴我度过这么多年，我向自己保证，如果还有时间，如果还有气力，我下次一定会写。

我还有一种渴望，想谈谈我在过去十七年里生活和教学的牛津大学，谈谈这所大学的辉煌，并且如果可能的话，稍稍解释一下能有幸在这里工作意味着什么。此时此刻，在这间昏暗的卧室里，我所深爱的所有事情和地方，都潮水般向我涌来，那么明亮和美丽，一如既往。今天，因为某种原因，我比任何时候都能更清楚地看到它们。伍斯特学院花园里的湖畔小路，那是拉芙蕾丝经常漫步的地方。位于彭布罗克的校门。从马达兰高塔上西眺所见的城市景致。基督教堂的宏伟大厅。圣约翰分校的小假山庭院，我在那里数出了十几种不同的风铃草，包括稀罕而精致的聚花风铃草。可是，你瞧！还没有开始说正文，我就已经落入了陷阱。好吧，让我言归正传。亲爱的，请你慢慢地读，不要带有任何忧伤或不满的情绪，那可能会干扰你的理解。请向我保证，你会读得很慢，而且在开始前会让自己处于一种冷静和耐心的心境中。

我人到中年突然遭遇病魔，关于疾病的细节你已全然知晓，在此我就不必再费笔墨—— 我只想承认，当初没有早些去看医生是何等的愚蠢。癌症是现代医药不能治愈的几种顽疾之一。如果尚未快速扩散，是可以进行手术的。然而，我不仅发现得太迟，而且癌细胞厚颜无耻，竟然攻击了我的胰腺，使我既无法手术，也无法继续存活。

因此，我只剩下大约一到六个月的生命，随着时间一小时一小时地过去，我的心情越来越忧郁—— 接着，突然之间，兰迪来了。

那是六星期前一个星期二的上午，时间很早，还不到你的探视时段，他一走进来，我就知道有一件疯狂的事情即将发生。他不像我的其他探视者那样，踮着脚轻轻地进来，怯生生的，神色尴尬，不知道说些什么。他踌躇满志、面带微笑地走进来，大步走到床前，站在那里低头看着我，眼睛里闪烁着野性的亮光，然后他说："威廉，我的孩子，这太完美了。你正是我想要的人！"

也许我应该向你解释一下，约翰·兰迪从未去过我们家，你即使见过他，次数也很有限，但是在最近九年里，我本人跟他关系很友好。我首先是一位哲学教师，这自不用说，但你知道，我近些年对心理学也有大量的涉猎。因此，兰迪的兴趣和我有着少许的重叠。他是一名出色的神经外科医师，属于出类拔萃者之一，最近，他非常慷慨地让我学习他的某些研究成果，特别是脑前额叶切除术对各种精神病患者的不同影响。因而你就能明白，当他在星期二上午突然闯进我病房时，我们俩绝对不能算是素昧平生。

“瞧瞧，”他拖了把椅子在我床边坐下，说道，“再过几个星期，你就要死了。对吗？”

这个问句从兰迪嘴里说出来，似乎并没有特别的恶意。从某个方面来说，有一位探视者勇敢地触及这个禁忌的话题，倒令人精神为之一振。

“你将会在这间病房里咽气，然后他们会把你抬出去，实行火葬。”

“土葬。”我说。

“那就更糟糕了。然后呢？你相信自己会进天堂吗？”

“我感到怀疑，”我说，“不过这么想想的话倒是令人欣慰。”

“或者会下地狱？”

“我不太明白他们为什么要把我送去那儿。”

“你永远不会知道，我亲爱的威廉。”

“说这些话有什么意义？”我问。

“是这样的，”他说，我能看到他在密切地观察我，“从个人角度来说，我不相信在你死亡之后，你还能再听到你自己的消息—— 除非……”说到这里，他停住了，笑微微地凑上前来，“……除非，当然啦，你明智地把自己交到我的手里。你愿意考虑一个建议吗？”

他那样专注地凝视我、研究我，带着某种异样的渴望评估我，就好像我是柜台上的一块特级牛排，他已经买下，正等着别人把它包起来。

“我是郑重其事地在问你，威廉。你愿意考虑一个我的建议吗？”

“我不知道你在说些什么。”

“那就听我详细告诉你。你愿意听吗？”

“你愿意说就说吧。反正我听了也不会损失什么。”

“正好相反，你将会得到很多东西—— 特别是在你去世之后。”

我相信他以为我听了这话会惊跳起来，但不知怎的，我对此早有准备。我静静地躺着，注视着他的脸，看着他慢慢绽开一口白牙的微笑，他笑起来嘴巴左边总会露出套在犬齿上的那颗假牙的金环。

“威廉，我为这件事已默默工作了好儿年。这家医院也有一两个人在帮我，特别是莫里森，我们已用实验动物完成了许多比较成功的试验。在目前这个阶段，我准备好了在人身上做尝试。这是一个宏伟的想法，起初可能听起来有点儿不靠谱，但是从外科手术的角度来看，似乎没有任何理由不认为它或多或少是可行的。”

兰迪探身向前，把两只手都放在我的床沿。他的脸很周正，有一种骨感的英俊，丝毫没有平常医生的那种样子。你知道那副神情，大多数医生都有。他们的眼球朝你闪着，露出那副神情，像一个毫无生气的电子招牌，上面印着“只有我能救你”。可是约翰·兰迪的眼睛又大又亮，眼眸中间闪烁着点点兴奋的光。

“很久以前，”他说，“我看过一个医疗短片，是从俄国带过来的。那片子相当恐怖，但很有趣。在片子里，一只狗的脑袋完全从身体上切断，但是依靠一颗人造心脏，通过动脉和静脉维持着正常的血液供给。关键在于：

那只狗的脑袋，孤零零地放在某种托盘上，仍然活着。大脑还在运作。他们通过几个实验证明了这点。比如，当把食物抹在狗的嘴唇上时，舌头会伸出来把它舔掉；有人在房间里走动时，狗的眼睛会跟着转动。

“似乎有理由从中得出结论，头和大脑不需要跟身体其他部分相连才能继续存活—— 当然啦，条件是要能维持适当的含氧血的供给。

“重点来了。看这部片子使我产生了一个想法，就是把一个人的大脑从颅骨里取出来，作为一个独立部件，让它在那人死后无限的时间里继续存活和运转。比如，你的大脑，在你死去之后。”

“我不愿意。”我说。

“别打断我，威廉。让我把话说完。我从接下来的实验中可以看出，大脑是一件特别能够自给自足的东西。它自己制造脑脊液。大脑内部进行思维和记忆的神奇过程，显然并不会因为肢体、躯干，甚至颅骨的缺失而受损，只要，就像我说的，在合适的条件下不断泵入正确的含氧血。

“我亲爱的威廉，请稍微考虑一下你自己的大脑吧。它形状完美无缺。里面塞满了你一辈子的学识。你多少年埋头治学，才造就了它现在这样子。它刚刚开始产生一些一流的创新思想。然而，它很快就要随着你身体的其他部分一起死去，就因为你那愚蠢的小胰腺被癌细胞所侵蚀。”

“不了，谢谢。”我对他说，“你可以打住了。这是一个令人厌恶的想法，即使你能做到—— 对此我深感怀疑，也基本上是毫无意义的。如果我不能说话，没有感觉，听不见也看不见，让我的大脑活着有什么用呢？就我个人来说，我想不出比这个更让人反感的事了。”

“我相信你肯定能够跟我们交流。”兰迪说，“说不定你还能拥有一定的视力。不过慢慢来吧。我稍后再过来商量细节。事实是不管发生什么，你过不了多久就会死去，我的计划是到你死亡之后才需要触碰你。考虑一下吧，威廉。真正的哲学家都不会反对把自己的尸体用于科学事业的。”

“这并没有完全说服我。”我回答，“在我看来，当你在我身上动完手脚之后，将会很难判断我到底是死是活。”

“是啊，”他微微笑着说，“我估计这点你是对的。但我认为你不应该这么快就回绝我，你还是多了解一点再答复我吧。”

“我说了我不想听。”

“抽支烟吧。”他说，把烟匣子递了过来。

“我不抽烟，你知道的。”

他自己拿出一支，用一个小巧玲珑、跟一先令硬币差不多大的银质打火机把它点燃。“这是给我做仪器的人送的礼物。”他说，“很别致，是不是？”

我仔细看了看打火机，然后递了回去。

“我可以继续说了吗？”他问。

“还是不说为好。”

“你就静静地躺着听吧。我认为你会发现这是非常有意思的事。”

我床边一个盘子里有一些蓝色的葡萄。我把盘子放在我的胸口，开始吃葡萄。

“在死亡的那一刻，”兰迪说，“我必须站在旁边，这样才能立即上前采取措施，让你的大脑保持存活。”

“你是说把它留在脑袋里？”

“一开始是的。只能这样。”

“在那之后你把它放在哪儿？”

“如果你想知道，我不妨告诉你，放在一个盆里。”

“你真的没开玩笑吗？”

“我当然没开玩笑。”

“好吧。接着说。”

“我想你大概知道，当心脏停止跳动，大脑缺少了新鲜的血液和氧气，它的组织会迅速死亡。在四到六分钟里，整个大脑就会死去。即使只过了三分钟，也有可能遭到某种程度的损害。因此，我必须迅速采取措施，阻止这种情况的发生。但是在机器的帮助下，这应该是很容易的。”

“什么机器？”

“人造心脏。我们对亚历克西·卡雷尔和林德伯格的创造发明做了巧妙的改良。它能给血液供氧，保持合适的温度，在适当的压力下泵出血液，还能做许多其他必要的事情。真的一点儿也不复杂。”

“告诉我，在死亡的那一刻你会做什么？”我说，“你要做的第一件事是什么？”

“你了解大脑的动脉和静脉结构吗？”

“不了解。”

“那就听着，这不难理解。大脑的血液供给主要来自两个渠道，颈内动脉和椎动脉。它们各有两条动脉，一共是四条。听懂了吗？”

“懂了。”

“回送系统就更简单了。血液通过两条大静脉，颈内静脉，流出去。这样你就有四条上行的动脉——当然，它们通到颈部——和两条下行的静脉。它们在大脑周围自然分流到其他渠道，但那些跟我们无关。我们永远不会触碰它们。”

“好吧。”我说，“想象一下我刚刚咽气。现在你会怎么做？”

“我应该立刻切开你的脖颈，找到那四条动脉，颈动脉和椎动脉。然后我应该对它们进行灌注，也就是说，我会往每条动脉里插入一根大空心针。这四根针都通过管子与人造心脏相连。

“接着，我快速行动，把左侧和右侧的颈内静脉都解剖出来，也与人造心脏相连，完成整个循环。现在开动机器，合适的血液已经预先准备好了，大功告成。你大脑中的血液循环将会恢复。”

“我就会跟那条俄国狗一样。”

“我认为不会。首先，你死后肯定会失去意识，我非常怀疑很长一段时间你恐怕都醒不过来——最终能不能苏醒还不一定。但是，不管有没有意识，你都会处于一个非常有趣的状态，是不是？你将会拥有一具冰冷的身体和一个活着的大脑。”

兰迪停住话头，咂摸这令人愉快的前景。此人被这整个想法迷住了，简直如痴如醉，显然很难相信我会有另外的感觉。

“然后我们就不着急了，可以慢慢来。”他说，“请相信我，我们会需要很多时间。我们要做的第一件事就是把你推进手术室，当然啦，那台机器也得跟着，它必须一刻也不停止地泵动。接下来的问题是……”

“好了，”我说，“够了。我不必听具体细节。”

“哦，你必须听。”他说，“你应该准确地了解你从头到尾会经历什么，这很重要。事后，当你恢复了意识，如果能够回忆起自己是在什么地方，又是怎么在那里的，从你的角度来说就会安心得多。就算是只为了你自己内心的宁静，你也应该知道。你同意吗？”

我静静地躺在床上，注视着他。

“所以，接下来的问题就是，把你的大脑完整无损地从你的尸体上移除。尸体已经没有用了，实际上它已经开始腐烂。颅骨和脸也毫无用处，它们都是累赘，我不需要它们。我需要的只有大脑，干净、漂亮的大脑，十全十美，依然活着。因此，当我把你搬到桌上时，我会拿起一把锯子，一把小小的摆锯，用它开始锯掉你的整个头颅。这时候你仍然没有意识，所以我无须使用麻药。”

“你这该死的。”我说。

“你完全没有知觉，我可以向你保证，威廉。别忘了你几分钟前刚刚咽气。”

“没有人能不用麻药就把我的头颅锯下来。”我说。

兰迪耸了耸肩。“这在我看来没什么区别。”他说，

“如果你想要，我很愿意给你一点普鲁卡因。只要能让你高兴一点，我可以用普鲁卡因浸透你的整个头皮，整个脑袋，从脖子往上。”

“非常感谢。”我说。

“你知道，”他继续说道，“有时候会发生一些很蹊跷的事。就在上个星期，一个男人神志不清地被带进来，我没用任何麻药就给他开颅，清除一小块血栓。我还在头颅里忙活着呢，他突然醒了，开始说话。

“‘我在哪儿？’他问。

“‘在医院里。’

“‘哟，’他说，‘真想不到。’

“‘请告诉我，’我问他，‘我的动作会让你感觉到难受吗？’

“‘没有，’他回答道，‘一点也没有。你现在在做什么呢？’

“‘我在清除你脑子里的一块血栓。’

“‘是吗？’

“‘老实躺着，不要动。我快要完事了。’

“‘看来就是这讨厌的东西害得我动不动就头疼。’那人说。”

兰迪停住话头，想起当时的情景，露出了微笑。“这是那个人的原话。”他继续说道，“不过，第二天他完全不记得这件事了。大脑真是个奇怪的玩意儿。”

“我要普鲁卡因。”我说。

“你会如愿的，威廉。我刚才说到，我会拿一把小小的摆锯，小心翼翼地锯下你的整个颅盖—— 也就是整个颅骨。这样一来，大脑的上半部就暴露在外了，准确地说，暴露的是包裹大脑的外壳。不知你是否了解，大脑周围有三层独立的覆盖膜—— 外面一层叫硬脑膜，中间一层叫蛛网膜，里面一层叫软脑膜。外行人多半以为，大脑是一个赤裸的东西，漂浮在你脑袋里的液体中。其实不是。它被这三层结实的膜包裹得严严实实，脑脊液实际上是在两层内膜的狭小缝隙间流动，这缝隙被称为蛛网膜下腔。就像我刚才告诉你的，这个脑脊液是大脑产生的，通过渗透进入静脉系统。

“我很想把这三层膜都留下—— 它们的名字是不是很可爱？硬脑膜、蛛网膜、软脑膜—— 我会让它们都保持完好无损。这么做有许多原因，尤其是硬脑膜里存在着静脉通道，它们把大脑里的血液送入颈静脉。”

“现在，”他继续说道，“我们已经把你颅骨的上半部拿开，露出了包裹在硬脑膜里的大脑顶。接下来的一步非常棘手：把整个大脑剥离出来，使它能够干净利落地被拎起来，下面悬着四根供血动脉和两条静脉的断根，准备重新连接到机器上。这是一项极为繁琐和复杂的工程，涉及细致地凿去许多骨头，切断许多神经，剪断并扎紧数不清的血管。要想成功地完成这件事，唯一的办法是拿一把咬骨钳，慢慢地咬掉你剩下来的颅骨，像剥橘子一样把它往下翻，直到脑膜的侧面和底部全部暴露出来。其中所涉及的难点是高度技术性的，我在此就不一一赘述了，但我有相当的把握，这项工作能够完成。这是个手术技术和耐心的问题。别忘了我有的是时间，要多少有多少，因为人造心脏会一直在手术台旁边泵动，让大脑保持存活。

“好了，让我们假设我已经把你的颅骨成功剥离，把大脑周围的其他东西统统清除。现在大脑只有底部与身体相连，主要是通过脊柱和两条大静脉，以及给大脑供血的四条动脉。接下来怎么办呢？

“我会切断第一颈椎上方的脊柱，同时格外当心不要损坏那个区域的两条椎动脉。你千万别忘了，这地方的硬脑膜是敞开接纳脊柱的，所以我必须缝合硬脑膜的边缘，关闭这个开口。那样就没有问题了。

“这个时候，我将准备采取最后一个步骤。在旁边的一张桌子上，我放着一个特殊形状的盆，里面盛满了我们所谓的林格氏液。那是神经外科用于冲洗的一种专门液体。现在我要切断供血的动脉和静脉，把大脑完整地剥离出来。然后我只要用双手把它捧起来，送到盆里去就行了。在整个过程中，这是唯一需要切断血流的环节。一旦到了盆里，只需片刻就能把动脉和静脉的断根与人造心脏相连接。

“然后就大功告成了。”兰迪说，“你的大脑在盆里，依然活着，没有任何理由不会继续存活很长时间，只要我们仔细留意血液和机器，年复一年地活着也有可能。”

“它会再运行吗？”

“亲爱的威廉，我怎么能知道呢？我甚至无法得知它会不会恢复意识。”

“如果恢复了呢？”

“那太好了。”兰迪说，“会非常神奇！”

“是吗？”我说，不得不承认我心存疑虑。

“那还用说！在那里，你的思维过程将美丽地进行，还有你的记忆……”

“却不能看见、不能触摸，闻不到、听不见，也不能说话。”我说。

“啊！”他喊道，“我就知道我忘了点什么！我没有跟你说眼睛的事。听着。我要争取让你的视神经保持完好，还有眼睛本身。视神经是一个很小的东西，像体温计那么粗，大约两英寸长，连接在大脑和眼睛之间。它妙就妙在其实根本不是一根神经，它是大脑本身的一个外囊，硬脑膜顺着它延伸，与眼球相连。因此，眼球后部与大脑的接触非常密切，脑脊液直接流向眼球。

“这一切都非常符合我的目的，使我有理由推测我能成功地保留你的一只眼睛。我已经制作了一个装眼球的小塑料匣子，代替你自己的眼窝，当大脑被放进盆里，浸没在林格氏液中时，匣子里的那个眼球将会浮在液体表面。”

“瞪着天花板。”我说。

“是的，我想是这样的。说来遗憾，不会有任何肌肉让眼球得以转动。不过，静静地、舒舒服服地躺在那里，从你的盆里望着这个世界，可能也是某种乐趣呢。”

“真滑稽。”我说，“再给我留一只耳朵怎么样？”

“这次我还是不考虑耳朵了。”

“我要一只耳朵。”我说，“我坚持要一只耳朵。”

“不行。”

“我想听巴赫。”

“你不理解那个难度有多大。”兰迪温和地说，“听觉器官——也就是所谓的耳蜗——是比眼睛复杂得多的一种精密构造。更麻烦的是，它被骨头所包裹。耳朵与大脑相连的听觉神经也有一部分在骨头里。我不可能把这一整套东西完好无损地凿出来。”

“你就不能让它包在骨头里，然后再把那块骨头放进盆里吗？”

“不行。”他坚决地说，“这件事本身已经够复杂的了。而且，只要眼睛管用，听力其实根本没有什么关系。我们完全可以把信息举在你眼前让你读。你真的必须让我来判断什么是可能的，什么是不可能的。”

“我还没有说我同意这件事呢。”

“我知道，威廉，我知道。”

“我不能肯定我很喜欢这个想法。”

“你难道情愿死去，彻底死去？”

“也许吧。我现在还不知道呢。但到时候我也没法说话，对吗？”

“当然。”

“那我怎么跟你交流呢？你怎么知道我有意识呢？”

“我们很容易就能知道你是否恢复了意识。”兰迪说，“普通的脑电图描记器就能告诉我们这点。我们会把电极直接连在盆里你大脑的前额叶上。”

“你真的能够知道？”

“哦，这是肯定的。任何一家医院都可以做到这点。”

“可是我无法跟你交流。”

“事实上，”兰迪说，“我相信你可以。伦敦有一个人叫韦特海默，他在思想交流方面做一些有趣的研究，我一直跟他有联系。大脑思考时会释放电子和化学物质，这点你是知道的吧？它们是以波的形式释放的，类似于无线电波。”

“我对此略知一二。”我说。

“好吧，韦特海默制造出一种仪器，与脑部造影有几分相似，不过要灵敏得多，他声称这仪器能在一定范围内帮助他辨读一个大脑正在思考的确切想法。仪器产生某种图表，似乎可被翻译成文字或思想。你愿意我请韦特海默过来看看你吗？”

“不用。”我说。兰迪已经想当然地以为我接受了这件事，我对他的这种态度很反感。“你走吧，让我清静清静。”我对他说，“你的催促是不会有任何结果的。”

他立刻站起身，朝门口走去。

“有一个问题。”我说。

他站住了，一只手放在门把手上。“请说，威廉。”

“这个问题很简单。你本人真的相信，我的大脑到了盆里之后，我的思维还能够完全像目前这样运转吗？你真的相信，我能够像现在这样思考和推理，并且还能保持着记忆的能力？”

“我认为是可以的。”他回答，“大脑还是同一个大脑。它还活着，没有受到损坏。实际上，它完全未被触动。我们连硬脑膜都没有打开。当然啦，最大的区别就是我们切断了通向它内部的每一根神经—— 除了那根视神经—— 这就意味着，你的思考不再会受你感官的影响。你将生活在一个特别纯净、超凡脱俗的世界里。没有任何东西来干扰你，甚至没有疼痛。你不可能感受到疼痛，因为没有了感知疼痛的神经。在某种程度上，那简直是一种完美的状态。没有忧虑，没有恐惧，也没有饥饿。甚至没有任何欲望。只有你的记忆和你的思想，如果留下来的那只眼球碰巧还管用，那你还能够看书。在我听来这是相当令人愉悦的。”

“果真如此？”

“是的，威廉，是的。特别是对一位哲学博士来说，那将是一种无比精彩的体验。你将能够以尚未有任何人企及的超然和宁静，反思这个世界的一切。到那时候，谁知道有什么事情是不可能发生的呢？你也许会产生伟大的思想和方案，那些了不起的想法可能会彻底改变我们的生活方式也未可知！你尽力想象一下你将能达到的那种专注的程度吧！”

“以及失望的程度。”我说。

“胡说。不可能有任何失望。没有欲望就没有失望，而你是不可能有任何欲望的。至少没有肉体的欲望。”

“我肯定能够记得我以前在这个世界的生活，我也许渴望返回其中。”

“什么，返回这个烂摊子！离开你那个舒适的盆，回到这个疯人院！”

“再回答一个问题吧。”我说，“你认为你能让它存活多久呢？”

“大脑？谁知道呢？也许年复一年，很久很久。条件将是十分理想的。拜那个人造心脏所赐，大多数能引起变质的因素都不存在。血压始终保持恒定，这种情况在现实生活中是不可能的。温度也是恒定不变的。血液里的化学成分接近完美。里面不会有任何杂质，也没有病毒或细菌，什么都没有。当然啦，我不该妄加猜测，但我相信在这样的环境下，一个大脑可以存活两三百年。现在我告辞了，”他说，“明天我会再来看你。”他快步走了出去，而我，你可能会猜到，难免有点心烦意乱。

他离开后，我的第一反应是对整件事的强烈反感。总之，这听起来绝对不是一件好事。我的所有智力完好无损，却要沦为一小坨发灰的、黏糊糊的东西，浸在一摊水里，这想法有一些极端令人厌恶的东西，是荒谬、龌龊、邪恶的。还有一件事令我感到不安，一旦兰迪把我弄进那个盆里，我肯定会体验到一种无助感。在那之后将没有退路，没有办法抗议或解释。只要他们让我存活，我就只能被迫活着。

如果，打个比方，我无法忍受呢？如果发现那是极度痛苦的呢？如果我变得歇斯底里呢？

没有腿可以逃跑。没有嗓子可以尖叫。什么也没有。我只能强颜欢笑，默默忍受两个世纪。

我也没有嘴能够强颜欢笑。

就在这时，我突然冒出一个奇怪的想法：一条腿被截肢的人，不是经常会产生那条腿还在的错觉吗？他不是告诉护士，他的那些不再拥有的脚趾痒得要命，如此等等吗？这样的事情就在不久前我还听说过呢。

是啊。在同样的前提下，我的大脑，孤零零地躺在那个盆里，有没有可能产生关于我身体的类似错觉呢？那样的话，我平常所有的病痛和不适都会潮水般涌来，我甚至不能服下一颗阿司匹林来缓解症状。我可能会时而幻想自己腿部抽筋或严重消化不良，时而又很容易地感觉到我那可怜的膀胱—— 你了解我的—— 胀得那么满，如果不赶紧排空，肯定就会爆炸。

但愿不会。

我躺在病床上，久久地想着这些可怕的念头。突然，就在中午前后，我的心情开始发生变化。我不再那么关心此事令人不快的方面，而发现自己能够从一个更理性的角度审视兰迪的建议。我问自己，想到我的大脑不必在几个星期后死亡和消失，是不是多少令人感到一丝欣慰呢？确实如此。我很为自己的大脑感到骄傲。它是一个敏感、通透、肥沃多产的器官，蕴含着惊人的信息储备，而且仍然能够产生富有想象力和创新性的思想。说一句大言不惭的话，作为大脑来说，它是绝对出类拔萃的。而我的身体，我这具可怜的破身体，兰迪想要丢弃的旧皮囊—— 是啊，就连你，我亲爱的玛丽，也不得不同意我的看法：它确实不再有任何值得保存的价值了。

我仰面躺着，吃着一颗葡萄。真好吃啊，里面有三粒小小的籽，我从嘴里取出来，放在盘子的边缘。

“我同意做。”我轻声说，“是的，苍天在上，我同意做。等到兰迪明天再来看我的时候，我就立刻告诉他，我同意做。”

就这么迅速地决定了。从那以后，我的感觉大有好转。我狼吞虎咽地吃下分量惊人的午餐，令每个人都感到吃惊，不久之后，你就像平常一样来探视我了。

你对我说，我看上去气色真好。那么愉快、活泼、容光焕发。发生了什么事吗？有什么好消息吗？

是的，我说，确实有事。然后，不知你是否记得，我请你坐下来，尽量坐舒服一些，我立刻开始用尽量委婉的口气向你解释将要发生的事。

然而，你根本不听。我刚讲了几个最明显的细节，你就大为恼火，说这件事恶心、可怕、令人厌憎、不可想象，我还想继续往下说，你却大步走出了病房。

是啊，玛丽，就像你知道的，在那以后我曾多次试图谈论这个话题，可是你固执地拒绝听我说话。因此，我只能希望你能明智地让自己读读这封信。我写它花了很长时间。从我草草写下第一行文字，已经过去了两个星期，现在我比那个时候虚弱多了，我恐怕没有力气再说更多。当然啦，我不会跟你诀别，因为有一种可能，有一种很小很小的可能，兰迪的计划会成功，我以后真的还能再见到你，我是说如果你有勇气过来看望我的话。

我吩咐他们在我死亡一星期后把这些纸交给你。因而，此刻你坐在这里读这些文字时，兰迪采取行动已经有七天了。你恐怕都不知道结果如何。如果你真的不知道，如果你故意保持距离，不愿意与此事有任何瓜葛—— 我怀疑可能会是这种情况—— 那么请你现在就改变主意，给兰迪打个电话，看看我的状况怎样。这是你至少能做到的事。我已经对他说过，在第七天可能会接到你的电话。

你忠实的丈夫

威廉

又及：我离开后你要循规蹈矩，永远记住做一个寡妇比做一个妻子更难。不要喝鸡尾酒，不要乱花钱，不要抽烟，不要吃油酥点心，不要抹口红，不要买电视机；夏天把我的玫瑰花坛和假山庭院的杂草剪除干净。顺便提个建议，你把电话线拔掉吧，我不会再使用它了。

威

佩尔夫人把最后一页手稿慢慢放在身边的沙发上。她的小嘴紧紧地噘了起来，鼻孔周围有点泛白。

说真的！她还以为熬了这么多年之后，一个寡妇有权利得到一点点清静呢。

整件事情想起来实在太可怕了，残忍而可怕，令她不寒而栗。

她把手伸进包里，又掏出一支烟。她把烟点燃，深深吸了一口，在房间里吞云吐雾。烟雾中，她可以看见那台漂亮的电视机，崭新、气派、闪着光泽，挑衅般地、同时又有点儿心虚地盘踞在威廉曾经的工作台上。

如果他此刻看见那个，会怎么说呢？她猜想着。

她停下来，想起了他最后一次看见她抽烟的情景。那大约是一年以前，她坐在厨房敞开的窗口，想在他下班前匆匆地抽一支。她让收音机大声播放舞曲，然后她转过身，想给自己再倒一杯咖啡，却突然发现他站在门口，那么魁梧而阴鸷，那双可怕的眼睛向下盯着她，每个眼眸中间闪着一个愤怒的小黑点。

在那之后的四个星期，他亲自支付家用开支，一分钱也没有给她，当然啦，他不知道她在水池橱柜下的一个肥皂箱里，藏了六镑多的私房钱。

“怎么回事？”有一次吃晚饭时她问他，“你是担心我患上肺癌吗？”

“不是。”他回答。

“那我为什么不能抽烟？”

“因为我不喜欢，这就是原因。”

他还不喜欢孩子，其结果就是他们一直没有自己的孩子。

她的这位威廉，这个专门与她作对的家伙，此刻在哪里呢？

兰迪还在等她电话呢。她一定要给兰迪打电话吗？

其实也不一定。

她抽完烟，立刻又用烟蒂点燃了一支。她看着放在工作台上电视机旁边的电话。威廉叫她打电话。他特意要求她读过信之后马上给兰迪打电话。她迟疑着，努力对抗着她还不敢完全摆脱的那种根深蒂固的责任感。然后，她慢慢地站起身，走向房间那头工作台上的电话。她在电话簿上找到号码，拨了过去，等待着。

“我想跟兰迪医生说话。”

“请问您是哪位？”

“佩尔夫人。威廉·佩尔夫人。”

“请您稍等。”

几乎立刻，兰迪就在电话那头说话了。

“是佩尔夫人吗？”

“我是佩尔夫人。”

短暂的停顿。

“我很高兴您终于来电话了，佩尔夫人。我希望您一切都好。”那声音温和、礼貌，不带任何感情，“不知您是否愿意到医院来一趟？然后我们可以稍微聊聊。我猜您一定迫切地想知道结果如何。”

她没有回答。

“我现在可以告诉您，总的来说，一切都进展得非常顺利。实际上比我所希望的还要好得多。它不仅活着，佩尔夫人，而且具有意识。它第二天就恢复了神志。这是不是很有意思？”

她等待他继续往下说。

“眼睛也能看见了。这点我们确有把握，因为当我们把东西举在它前面时，脑电图上的挠度立刻发生了变化。现在我们每天都给它看报纸。”

“什么报纸？”佩尔夫人尖锐地问。

“《每日镜报》。标题很大。”

“他讨厌《镜报》，给他看《泰晤士报》。”

那边停顿了片刻，然后医生说道：“没问题，佩尔夫人。我们会给它看《泰晤士报》的。我们当然希望能尽我们所能让它感到快乐。”

“是他，”她说，“不是它。是他！”

“是他。”医生说，“是的，请您原谅。让他感到快乐。这也是我建议您尽快到这儿来的原因之一。我认为，能看见您对他是有好处的。您可以表现出您是多么高兴再次见到他—— 比如，朝他微笑，对他抛个飞吻什么的。知道您就站在旁边，对他来说肯定是一个安慰。”

长时间的停顿。

“好吧，”佩尔夫人终于说话了，她的声音突然变得温顺和疲惫，“我想，我最好过去看看他怎么样了。”

“太好了，我就知道您会这样。我在这里等您。直接来我二楼的办公室。再见。”

半小时后，佩尔夫人到了医院。

“看到他的样子，您千万不要惊讶。”兰迪陪她走在一条过道里，说道。

“我不会的。”

“一开始您肯定会受到一点冲击。恐怕他目前的状态不是特别令人愉悦。”

“我不是因为他的相貌才嫁给他的，医生。”

兰迪转过身，凝神望着她。一个多么古怪的小女人，他想，一双大眼睛，神情里透着阴沉和怨气。她的五官，曾经无疑是非常妩媚动人的，现在却已风韵殆尽。嘴巴松弛，两颊松垂下坠，整张脸给人一种印象：经过这么多年不愉快的婚姻生活，它已然缓慢地、确定无疑地松散成了碎片。他们默默地往前走了一会儿。

“您进去后，不用着急。”兰迪说，“只有当您把脸直接置于他的眼睛上方时，他才会知道您的存在。那只眼睛一直睁着，但无法转动，所以他的视野非常狭窄。目前我们让它直视着天花板。当然啦，他现在什么也听不见。我们可以爱聊什么就聊什么。就在这里面。”

兰迪打开一扇门，让她进入一个方形的小房间。

“如果是我，暂时不会靠得太近。”兰迪说着，把一只手放在她的胳膊上，“先跟我在这里待一会儿吧，等你完全适应了再过去看他。”

房间中央一张高高的白桌子上，有一个洗脸盆那么大的超大白色搪瓷碗，六七根细细的塑料管从碗里通出来。这些塑料管跟一大堆玻璃管相连，可以看见血液从玻璃管里流出和流进那个心脏机器。机器本身发出一种低低的、有节奏的搏动声。

“他就在那里面。”兰迪指着那个盆说。盆太高了，她看不见里面的东西。“稍稍凑近一点吧。不要靠得太近。”

他领她往前走了两步。

佩尔夫人伸长脖子，现在能看见盆里的液体表面了。液体很清，静止不动，表面浮着一个椭圆形的小容器，约有一个鸽子蛋那么大。

“那里面是眼睛。”兰迪说，“您能看见吗？”

“能。”

“据我们所知，它仍然保持完好无损的状态。这是他的右眼，那个塑料容器上有一个透镜，类似他自己曾经使用的眼镜。此时此刻，他可能看得跟以前一样清楚呢。”

“天花板没有什么可看的。”佩尔夫人说。

“这点不用担心。我们正在制订一个完整的计划，让他保持兴趣，但是一开始不想动作太快。”

“给他一本好书。”

“我们会的，会的。您感觉还好吧，佩尔夫人？”

“是的。”

“那我们就再往前走一点，好吗，然后您就能看清全貌了。”

他领着她往前走，最后站在离桌子只有两米远的地方，现在她能直接看见盆里了。

“好了，”兰迪说，“这就是威廉。”

他比她想象的大得多，颜色也更深。表面布满了沟沟壑壑，她感到活像一颗巨大的腌核桃。她可以看见四根大动脉和两根静脉的断根从他底部伸出来，巧妙地与那些塑料管相连。随着心脏机器的每一次搏动，所有的管子都同时颤动一下，然后血液就会被推送进管子里。

“您必须探身向前，”兰迪说，“让您漂亮的脸庞位于他的眼睛上方，然后他就会看见您。您可以对他微笑，朝他抛个飞吻。如果我是您，还会说几句好听的话。他不会听见，但我相信他能明白大致的意思。”

“他讨厌别人朝他抛飞吻。”佩尔夫人说，“如果您不介意的话，我有我自己的办法。”她走向桌子边缘，探过身去，让她的脸位于盆的上方，然后往下直视着威廉的眼睛。

“你好，亲爱的。”她轻声说，“是我——玛丽。”

那只眼睛，跟以前一样明亮，以一种奇特的、凝神的专注，盯着她看。

“你好吗，亲爱的？”她说。

那个塑料容器是通体透明的，所以整个眼球都能看见。眼球底部与大脑相连的那根视觉神经，看上去就像一截短短的灰色意大利面条。

“你感觉好吗，威廉？”

丈夫只有眼睛而没有脸，盯着这只眼睛，使人产生一种很奇怪的感觉。她所要看的仅是这只眼睛，于是她目不转睛地盯着它，慢慢地，它越变越大，最后成了她唯一能看见的东西—— 似乎它本身就成了一张脸。眼球的白色表面纵横着一些细小的红色血管，在淡蓝色的虹膜里，有三四条漂亮的浅黑色条纹从中间的瞳孔发散出来。瞳孔很大很黑，它的一旁映出一个小小的光点。

“我收到了你的信，亲爱的，就立刻过来看看你怎么样了。兰迪医生说你的状态非常理想。如果我说话慢一点，你也许能通过读我的唇语，多少理解一点我在说什么。”

毫无疑问，那只眼睛在注视着她。

“他们在想尽一切办法照顾你，亲爱的。这台奇妙的机器在一刻不停地泵动，我相信它比我们其他人愚蠢的破心脏强多了。我们的心脏随时都可能崩溃，但你的心脏会永远跳动。”

她仔细端详着那只眼睛，想弄清是什么使它具有这样一种奇异的外观。

“你看上去很好，亲爱的，确实很好。真的。”

这只眼睛，看上去比他原来的那两只眼睛好得多，她对自己说。它似乎有那么一种柔软，有一种平静、善良的特质，是她以前从未见过的。也许这跟眼睛正中间的那个点—— 瞳孔—— 有关。以前威廉的瞳孔总是呈两个黑黑的小点，它们总是朝你射着光，刺入你的大脑，把你直接看穿，它们总是立刻知道你要做什么，甚至知道你在想什么。而她此刻看着的这只眼睛，却是大大的，柔软、温和，几乎像母牛的一样。

“您真的确定他是有意识的？”她问，并未抬起目光。

“是的，完全确定。”兰迪说。

“而且他能看见我？”

“毫无问题。”

“那不是太棒了吗？我猜他正在纳闷是怎么回事。”

“丝毫不会。他完全知道自己在哪里，为什么会在那里。他是绝不可能忘记这点的。”

“您是说他知道自己在这个盆里？”

“当然。如果他有说话的能力，也许此时就能跟您进行十分正常的对话。据我所知，这里的这个威廉，跟你以前在家里认识的那个威廉，在精神上绝对不会有任何区别。”

“天哪。”佩尔夫人说，她停下来思考这个有趣的方面。

“你知道吗？”她对自己说，此刻她看着那只眼睛的后面，使劲盯着那样平静地躺在水下的一大坨灰乎乎的烂核桃，“我丝毫不能确定我是否更喜欢他目前这种状态。事实上，我相信我可以跟这样一位威廉非常舒服地共同生活。我完全能够应对这一位。”

“他很安静，是不是？”她说。

“他自然是很安静的。”

没有争吵和批评，她想，没有动辄发出的警告，没有必须服从的规矩，没有对抽烟的禁令，晚上没有那双不满的、冷冰冰的眼睛从一本书上方盯着我，没有衬衫需要清洗和熨烫，没有一日三餐需要准备——什么也没有，只有心脏机器的搏动，这声音听着还蛮令人舒心的，肯定不会响到足以干扰电视的声音。

“医生，”她说，“我相信我突然对他产生了极为强烈的感情。这听起来奇怪吗？”

“我认为这完全可以理解。”

“他躺在这个小盆的水面下，看起来多么无助和沉默啊。”

“是的，我知道。”

“他就像一个婴儿，真的。他完全就像一个小小的婴儿。”

兰迪一动不动地站在她身后，注视着。

“好吧，”她盯着盆里，轻声说道，“从此以后，玛丽将会独自照顾你，你没有任何需要担心的事情。医生，我什么时候可以带他回家？”

“您说什么？”

“我说，他什么时候可以回家——回到我自己的家里？”

“你在开玩笑。”兰迪说。

她慢慢地转过头，直视着他。“我为什么要开玩笑？”她问。她的脸上光彩熠熠，圆圆的眼睛像两颗钻石一样明亮。

“他不可能被搬动。”

“有什么不可以的呢？”

“这是一个实验，佩尔夫人。”

“这是我的丈夫，兰迪医生。”

兰迪的嘴角出现了一抹奇怪的、不安的浅笑。“这个嘛……”他沉吟着。

“这是我的丈夫，您知道。”她的声音里没有怒气。她的话音很轻，似乎只是在提醒他一个简单的事实。

“这是个很棘手的问题。”兰迪说着，舔了舔嘴唇，“您现在是一个寡妇，佩尔夫人。我认为您必须接受这个事实。”

她突然从桌旁转过身，朝窗口走去。“我是认真的。”她说，伸手到包里去掏香烟，“我要让他回去。”

兰迪注视着她把香烟叼在唇间点燃。难道是他完全弄错了？这个女人似乎有点古怪，他想。看她的样子，她简直很高兴丈夫待在那个盆里。

他试着想象，如果是他妻子的大脑躺在那里，是她的眼睛从那个容器里盯着他看，他自己会有什么样的感觉。

他不会喜欢。

“现在我们可以回我的办公室了吗？”他说。

她站在窗口，抽着香烟，看上去十分平静和放松。

“好的。”

她经过那张桌子时，停下来，再一次探头看着盆里。“玛丽现在要离开了，亲爱的。”她说，“你丝毫也不用担心，明白吗？我们这就把你带回家，然后我们会尽快好好地照顾你的。听着，亲爱的……”说到这里她顿住了，把香烟送到唇边，准备吸一口。

立刻，那只眼睛闪了一下。

她此刻正直视着它，她看见就在它的正中间，有一个细小的、但十分明亮的光点，那是瞳孔缩小成的一个极度愤怒的微小黑点。

起初她没有动弹。她俯身站在盆边，把香烟高高举在唇边，注视着那只眼睛。

然后，她非常缓慢地而且刻意地，把香烟叼在双唇间，长长地吸了一口。她吸入得很深，让烟在她的肺里停留了三四秒钟。接着，突然，呼——两股细细的烟从她鼻孔里喷出，撞击盆里的水，翻滚着掠过水面，形成一团浓浓的青烟，笼罩了那只眼睛。

兰迪站在门边，背对着她，等待着。“快走吧，佩尔夫人。”他大声说。

“别这么气呼呼的，威廉。”她轻声说道，“怒气冲冲没什么好处。”

兰迪扭过头来看她在做什么。

“不会再有用了。”她耳语般地说，“因为从现在起，我的宝贝，玛丽叫你做什么，你就得做什么。你明白吗？”

“佩尔夫人。”兰迪说着，朝她走过来。

“所以，别再淘气了，好吗？我的乖乖。”她说着，又抽了一口烟，“如今淘气的孩子是会受到最严厉的惩罚的，这一点你应该知道的。”

此刻兰迪已站在她身边，抓住她的胳膊，开始温和而坚决地把她从桌旁拖走。

“再见啦，亲爱的。”她喊道，“我很快就回来。”

“别闹了，佩尔夫人。”

“他是不是很可爱？”她大声说，一双明亮的大眼睛抬起来看着兰迪，“他是不是很可亲？我简直等不及要把他带回家了。”

首次出版于《吻了又吻》1960

升上天堂

这一辈子，福斯特夫人对于错过火车、飞机、轮船，甚至剧场开幕都有一种近乎病态的恐惧。在其他方面，她并不是个特别神经质的女人，但只要一想到自己在这些事情上会迟到，她就立刻紧张得不行，忍不住开始抽搐。倒也不严重—— 只是左眼角有一块小小的肌肉在抽动，就像在偷偷眨眼—— 但恼人的是，要等她稳稳地赶上那趟火车、飞机或其他什么的约莫一小时后，这抽动才会消失。

说来也很特别，对某些人来说，对赶不上火车这种事情的简单恐慌竟能成为一种严重的困扰。还有半小时才到离家去车站的时间呢，福斯特夫人就已从电梯里走出来，做好了出发的准备。她穿着大衣，戴着帽子和手套，完全坐不下来，心神不定、烦躁不安地从一个房间游荡到另一个房间，直到她的丈夫—— 他一定十分清楚她的状态—— 终于从他的私密空间出来，用一种冷淡、漠然的口吻提出，他们也许应该出发了，是不是?

福斯特先生可能有权对妻子的这种愚蠢感到恼火，但是他绝对没理由毫无必要地让她久等，增加她的痛苦。当然，没有办法确定他是故意这么做的，但是每次他们要去什么地方，他总是把时间掐得那么精确——是的，只晚那么一两分钟——而且他的态度那么冷漠，让人很难相信他不是故意在暗地里恶毒地折磨这个不幸的女人。有一点他肯定心知肚明——她从来不敢大声嚷嚷，催他赶紧。他在这方面把她调教得太好了。他肯定也知道，如果他故意一直挨到超过保险时间的最后一刻，准会把她逼得几近歇斯底里。在他们婚后这些年里有过一两次，他简直好像巴不得误了火车，就为了加剧这个可怜的女人的痛苦。

假设（不过谁也说不准）丈夫真的心存恶意，他这种态度就显得很不合理了，因为除了这个无法控制的小缺点，福斯特夫人一向都是个贤惠、温柔的好妻子。三十多年来，她对丈夫百依百顺，忠心耿耿，这点是毫无疑问的。她虽是个很谦逊的女人，但对此也心中有数。这么多年以来她一直不让自己相信福斯特先生会故意折磨她，可是最近有许多次，她发现自己心头开始产生了怀疑。

尤金·福斯特先生年近七旬，跟妻子一起生活在东六十二街一座六层楼的大房子里，用着四个仆人。家里气氛沉闷，很少有人来串门。不过在一月里这个特殊的日子，家里充满活力，一派忙忙碌碌的景象。一个女仆把一卷卷防尘布送到各个房间，另一个女仆把它们盖在家具上。男管家把箱子拎到楼下，放在门厅里。厨子不停地从厨房窜出来，跟男管家说上一句话。福斯特夫人自己穿着一件老式皮草大衣，戴着一顶黑帽子，从一个房间跑到另一个房间，假装在监督这些行动。实际上她一心只想着如果丈夫不赶紧从书房出来，做好出发的准备，她就赶不上飞机了。

“什么时间了，沃克？”男管家经过时，她问道。

“九点十分，夫人。”

“车来了吗？”

“来了，夫人，正等着呢。我这就把行李放进去。”

“到机场要一小时。”夫人说，“我的飞机十一点钟起飞。我必须提前半小时赶到那儿办手续。我要迟到了。我就知道我肯定要迟到了。”

“我认为您来得及，夫人。”男管家亲切地说，“我提醒过福斯特先生，您必须在九点一刻出发。还有五分钟呢。”

“是的，沃克，我知道，我知道了。拜托了，快把行李搬进车里吧。”

她开始在门厅里踱来踱去，每次男管家经过，她都要问他时间。她不停地告诉自己，这一趟飞机绝对不能错过。她花了几个月才说服丈夫允许她远行。如果错过飞机，丈夫很有可能认为她应该取消整个旅行。麻烦的是，他坚持要亲自送她去机场。

“仁慈的上帝啊，”她大声说，“我赶不上了。我知道，我知道，我知道我肯定赶不上了。”左眼角的那一小块肌肉此刻那么剧烈地抽动着。一双眼睛也马上就要落泪了。

“什么时间了，沃克？”

“九点十八分，夫人。”

“完了，这下我真的赶不上了！”她喊道，“哦，真希望他快点过来！”

这对福斯特夫人来说是一次很重要的旅行。她要独自去巴黎看望她的女儿，那是她唯一的孩子，嫁给了一个法国人。福斯特夫人不怎么喜欢法国人，但她很爱自己的女儿，更重要的是，她一直那么渴望亲眼见到她的三个外孙。她只在照片上看见过他们，她收到了许多照片，把它们摆放在家里各个地方。那三个孩子都很漂亮。她对他们爱得发狂，每次收到一张新的照片，她都要把它拿走，一坐很长时间，慈爱地盯着照片，寻找富有深意、令人欣慰的血缘上的相似之处。最近她越来越强烈地感觉到，她真不愿意在这样一个地方度过一生，在这里她无法靠近那三个孩子，也不能让他们来看望自己，不能带他们去散步，给他们买礼物，亲眼看着他们一天天长大。当然啦，她知道有这些想法是错误的，而且在某种意义上是不忠的，因为丈夫还活着呢。她还知道，丈夫虽然在他的许多企业里不再活跃，但永远不会同意离开纽约，去巴黎生活。这次他竟然同意让她独自飞过去看望他们，并在那里待六个星期，简直是一个奇迹。然而，哦，她多么希望能永远住在那里，跟孩子们近在咫尺啊！

"沃克，几点钟了？"

"九点二十二分，夫人。"

就在他说话时，一扇门开了，福斯特先生走进了门厅。他站立片刻，专注地看着妻子，妻子也看着他——看着这个身材矮小，但仍然十分精悍的老男人，那张胡子拉碴的大脸庞，与安德鲁·卡耐基的那些老照片惊人地相似。

"我说，"他说，"如果你想赶上那趟飞机，我认为也许我们应该很快就出发。"

"是的，亲爱的——是的！一切都准备好了。车正等着呢。"

"很好。"他说。他把脑袋偏到一边，凝神注视着她。他有一个奇怪的习惯，经常会把脑袋往旁边一歪，并伴随着一连串快速的小抖动。他的这个姿势，还有他把双手交握在胸口的样子，使他有点像一只松鼠站在那儿——中央公园里一只精明的老松鼠。

"沃克给你把大衣拿来了，亲爱的，穿上吧。"

"我很快就来。"他说，"只是去洗个手。"

她等着他，高个子男管家站在她身边，手里拿着大衣和帽子。

“沃克，我会误机吗？”

“不会的，夫人。”男管家说，“我认为您能赶上。”

接着，福斯特先生又出现了，男管家服侍他穿上大衣。福斯特夫人匆匆走到外面，钻进了租来的凯迪拉克里。丈夫跟在后面，但他走下门前的台阶时步履缓慢，还停下来察看天空，嗅了嗅清晨凛冽的空气。

“似乎有点起雾了。”他钻进车里，在她身边坐下时说道，“机场那儿的天气情况总是更糟糕。如果那趟航班已经被取消，我也不会感到吃惊。”

“别这么说，亲爱的——拜托。”

他们不再说话，直到汽车过河驶往长岛。

“我把仆人们都安排好了。”福斯特先生说，“他们今天全都离开。这六个星期我付他们一半的薪水，我对沃克说了，我们需要他们回来的时候会给他发电报。”

“是的，”她说，“他告诉我了。”

“我今晚就搬进俱乐部。住在俱乐部里，换换环境也不错。”

“是的，亲爱的。我会给你写信的。”

“我也会时不时地回到家里看看，确保一切都正常，顺便收收邮件。”

“可是，你真的不认为应该让沃克留下来，里里外外地照应一下吗？”她弱弱地问。

“说什么呢？根本没有这个必要。而且，这样我还得付他全额的薪水。”

“噢，是的。”她说，“当然。”

“更重要的是，把人单独留在家里，你永远不知道他们会闹出什么幺蛾子来。”福斯特先生斩钉截铁地说，然后掏出一支雪茄，用一把小银刀剪去雪茄头，用金质打火机把它点燃。

夫人一动不动地坐在车里，双手在毯子下面紧紧攥在一起。

“你会给我写信吗？”她问。

“看情况吧，”他说，“不一定。你知道我对写信没什么兴趣，除非有什么特别的事情要说。”

“是的，亲爱的，我知道。那就不用费事了。”

汽车顺着皇后大道继续往前开，靠近机场所在的那片开阔的沼泽地时，雾越来越浓，他们不得不减慢车速。

“哦，天哪！”福斯特夫人喊道，“这下我肯定赶不上飞机了！现在几点了？”

“别大惊小怪。”老男人说，“反正也没关系。现在航班肯定要取消了。他们从来不在这样恶劣的天气起飞。我不明白你为什么还要出来白费工夫。”

她仿佛觉得他的语气里突然有了一种新的情绪，但她不能肯定，于是她转过脸看着他。他的胡子太浓密了，很难看得清表情的变化。重要的是那张嘴。她希望能清楚地看见那张嘴，这是她经常产生的愿望。他的眼睛从不会显露什么，除非在他发怒的时候。

“当然啦，”他继续说道，“万一飞机真的起飞了，那么我赞同你的意见——即使现在去也肯定赶不上了。你为什么还不甘心放弃呢？”

她扭过脸，透过车窗看着大雾。车子越往前开，雾气越浓，现在她只能勉强分辨出马路牙和路旁草地的边缘。她知道丈夫还在看着她。她又扫了一眼丈夫，这次她隐隐有些恐惧地注意到，丈夫正专注地盯着她左眼角的那一小块地方，她可以感觉到那儿的肌肉在抽动。

“你会吗？”他说。

“我会什么？”

“现在肯定赶不上飞机了。在这样大雾弥漫的天气，车子不能开快。”

之后，他没有再对她说话。汽车像蜗牛似的往前爬。车上有一盏黄灯照着道路边沿，使司机能继续往前开。其他的车灯，有的白色，有的黄色，不断地从雾中出现，朝他们逼近，还有一盏特别明亮的车灯，一直紧紧地跟在他们后面。

突然，司机把车停下了。

“瞧！”福斯特先生喊道，“我们动不了啦。我就知道。”

“不，先生。”司机说着，转过身来，“我们已经到了。这就是机场。”

福斯特夫人一言不发地下了车，匆匆穿过入口处，走进机场。里面人山人海，大多是郁郁不乐的乘客围在值机柜台旁边。她挤过去，跟那个职员说话。

“是的，”那人说，“您的航班暂时推迟了。但是请不要离开，我们估计这场大雾随时都会消散。”

她回到仍坐在那里的丈夫身边，把这消息告诉了他。“你就别等了，亲爱的。”她说，“这么做毫无意义。”

“我不等了。”他回答，“希望司机能送我回去。司机先生，你能送我回去吗？”

“我认为可以。”那人说道。

“行李拿出去了吗？”

“是的，先生。”

“再见了，亲爱的。”福斯特夫人说着，靠在车上，在丈夫被灰色大胡子遮盖的面颊上轻轻吻了一下。

“再见。”他回答，“旅途愉快。”

对她来说，这一天剩下的时间简直像一场噩梦。她坐在尽量靠近航空公司柜台的一张板凳上，坐了一小时又一小时，每过三十分钟左右，就起身上前去问职员情况有无变化。每次都得到同样的回答——她必须继续等待，因为大雾随时都会散去。直到晚上六点过后，大喇叭里才终于播出通知，说这趟航班被推迟到了第二天上午十一点。

听到这消息，福斯特夫人一时不知道该如何是好。她在板凳上又坐了至少半个小时，疲惫地、恍恍惚惚地想着，她可以在哪儿打发这一夜。她不愿意离开机场。她不希望看见自己的丈夫。她害怕他最终会以某种方式阻止她飞往法国。她真想就留在这里，在这板凳上坐一整夜。这是最安全的。可是她已经精疲力竭，而且她很快就意识到，对于一个上了年纪的女人来说，这么做是很荒唐的。于是，最后她走到电话前，给家里打了电话。

接电话的是她丈夫，他正准备离开家去俱乐部。她把情况告诉了丈夫，并问仆人们是否还在家里。

“他们都走了。”他说。

“那样的话，亲爱的，我就自己去找一个房间过夜好了。你完全不用为此费心。”

“那样太傻了。”他说，“这儿有一栋大房子供你使用呢。过来住吧。”

“可是，亲爱的，房子里没有人。”

“那我就留下亲自陪你。”

“家里没有吃的。简直一无所有。”

“那你就吃过晚饭再回来。别这么愚蠢，女人。你不管做什么，似乎都想小题大做。”

“是的，”她说，“真对不起。我在这里给自己买个三明治，然后我就回家。”

外面，大雾已经散去了一点，但出租车还是慢慢地开了很久，她再次回到位于东六十二街的家里时，已经很晚了。

丈夫听见她进门，便从书房里走了出来。“那么，”他站在书房门口，说道，“巴黎怎么样啊？”

“明天上午十一点钟起飞。”她回答，“这是确定的。”

“你是说如果大雾消散的话。”

“已经在消散了。现在起风了。”

“你看上去很累。”他说，“你这一天肯定过得很焦虑。”

“确实不太舒服。我想直接去睡觉了。”

“我已经订了明天上午的车。”他说，“九点出发。”

“哦，谢谢你，亲爱的。我真心希望你不用大老远的再送我去机场了。”

“是的，”他慢悠悠地说，“我不送你去机场。不过，恐怕你没有理由不顺路把我送到俱乐部。”

她看着他，在那一刻，他似乎站在离她很远的地方，远在某种界限之外。他突然变得那么小、那么远，使她完全无法确定他在做什么、他在想什么，甚至不确定他是什么人。

“俱乐部在市中心。”她说，“不在去机场的路上。”

“但是你还有足够的时间，我亲爱的。你不愿意把我送到俱乐部吗？”

“哦，愿意——当然。”

“很好。那么我明天上午九点钟跟你碰面。”

她来到三楼自己的卧室，这一天把她累得够呛，刚躺下没多久就睡着了。

第二天，福斯特夫人很早就起床了，八点半的时候，她在楼下做好了出发的准备。

九点刚过，丈夫出现了。“你煮咖啡了吗？”

“没有，亲爱的。我以为你会在俱乐部吃一顿像样的早餐。车已经来了，正等着呢。我一切都准备好了。”

他们站在门厅里——最近他们似乎总是在门厅里见面——她戴着帽子、穿着大衣、拿着钱包，他身着一件款式奇怪的高翻领的爱德华式上衣。

“你的行李呢？”

“都在机场。”

“啊，是的。”他说，“当然。如果你要先送我去俱乐部，我们恐怕应该很快就出发，是不是？”

“是的！”她大声说，“哦，是的——拜托了！”

“我要先去拿几支雪茄，很快就来。你先上车吧。”

她转身走到外面，司机站在那里，看到她走过来，为她打开了车门。

“几点了？”她问司机。

“差不多九点一刻吧。”

五分钟后，福斯特先生出来了，她看着他慢慢走下台阶，注意到他穿着那条窄窄的烟管裤，两条腿很像山羊的腿。他跟前一天一样，半路停下来嗅了嗅空气，抬头察看天空。天气仍然没有完全放晴，但迷雾中透出了一缕阳光。

“也许你这次能交到好运。”他一边说着，一边钻进车里，坐在她身边。

“拜托你快开车。”她对司机说，“不用管毯子了，毯子我自己来调整。快出发吧，我要迟到了。”

那人坐回驾驶座，发动了引擎。

“再等一下！”福斯特先生突然说，“司机先生，稍等片刻，好吗？”

“怎么了，亲爱的？”她看见他在大衣口袋里找来找去。

“我有一件小礼物，想让你捎给艾伦。”他说，“咦，到底在哪儿呢？我相信我下楼时还拿在手里的。”

“我没看见你手里拿着东西。是什么礼物？”

“一个白纸包着的小盒子。我昨天忘记给你了，今天可不能再忘记了。”

“一个小盒子！”福斯特夫人喊了起来，“我从没见过什么小盒子！”她开始在汽车的后座上焦急地寻找。

丈夫继续在他的大衣口袋里找来找去。接着，他解开大衣的纽扣，在上衣里到处摸索。“真该死，”他说，“我准是把它落在卧室里了。我去去就来。”

“哦，求求你！”她喊道，“我们没时间了！求求你别管它了！你可以邮寄过去。反正也不过是一把那种没用的梳子，你总是送给她梳子。”

“我请问一句，梳子有什么问题吗？”他说，看到她竟然破天荒地出言不逊，他大为恼火。

“没什么问题，亲爱的，肯定。可是……”

“等在这儿！”他吩咐道，“我去拿一下。”

“快点儿啊，亲爱的！哦，求求你快一点！”

她一动不动地坐着，等啊，等啊。

“司机先生，几点了？”

男人戴着手表，他看了看，“快到九点半了。”

“我们一小时能赶到机场吗？”

“差不多吧。”

就在这时，福斯特夫人突然发现在丈夫刚才坐的那侧座位的缝隙间，露出一个白色东西的一角。她伸出手，抽出个用纸包着的小盒了，同时她忍不住留意到小盒子插得很紧、很深，似乎是被人故意塞进去的。

“在这里！”她喊道，“我找到了！哦，天哪，他会在楼上找个没完没了！司机先生，快—— 拜托你跑进去，叫他赶紧下来，好吗？”

那位司机长着一张桀骜不驯的爱尔兰人的小嘴，不太乐意做这种事情，但他还是下了车，走上房子门前的台阶，接着他又转身回来了。“门锁着。”他大声说，“你有钥匙吗？”

“有—— 等一下。”她火烧火燎地在钱包里寻找。那张小脸因为焦虑而皱得紧紧的，嘴唇像小孩子一样噘着。

“在这儿呢！不—— 我自己去吧。那样会快一些。我知道他会在哪儿。”

她匆匆下了车，走上门前的台阶，一只手里拿着钥匙。她把钥匙插进锁眼，刚要转动—— 突然她停住了。她仰起脑袋，完全一动不动地站在那里，整个身体凝固在这个急于转动钥匙、进入家门的动作中，她等待着—— 五秒、六秒、七秒、八秒、九秒、十秒，她等待着。看她站在那里的样子，脑袋高高仰起，身体绷得那么紧，似乎她在倾听中等待某种声音再次响起—— 她刚才听见那声音从房子深处很远的地方传出。

没错—— 她显然是在倾听。她的整个身体都是倾听的姿势。看上去她确实把一只耳朵越来越近地凑向房门。现在耳朵已经贴在门上了，她将这个姿势又保持了几秒钟，脑袋仰起，耳朵贴着门，手放在钥匙上，准备进去但没有进去，而是凝神屏息地想要听到并且揣摩从房子深处那个地方隐隐传来的声音，或者表面上看来是这样。

突然，她在瞬间行动起来。她把钥匙从门里抽回来，快步跑下了台阶。

“太晚了！”她对司机喊道，“我不能等他了，真的不能等了。我要赶不上飞机了。快抓紧吧，司机先生，快！去机场！”

司机如果仔细地观察她，可能会注意到她的脸色变得煞白，整个神情都突然有了改变。她脸上不再是那种非常柔顺的、傻乎乎的表情，她的五官有了一种奇怪的刚毅。那张一向那么松弛的小嘴，现在紧紧地抿成一条线，她的眼睛发亮，说话时声音里透出一种新的权威。

“快点，司机先生，快点！”

“您丈夫不跟您一起旅行吗？”男人惊讶地问。

“当然不！我只是要把他送去俱乐部。没关系，他会理解的。他可以叫一辆出租车。别坐在那儿废话了，先生！快开车！我还要赶飞机去巴黎呢！”

福斯特夫人在后座上催促着，司机一路开得很快，她提前好几分钟上了飞机。不一会儿，她就飞到了大西洋的上空，舒舒服服地倚靠在飞机的座椅上，听着引擎的嗡嗡声，终于要去巴黎了。那种新的情绪仍没有消失。她现在觉得自己格外强大，而且说来奇怪，感觉非常美妙。当然啦，她有点儿喘不过气来，但纯粹是因为对自己所做的事情感到惊讶，而不是其他原因，随着飞机离纽约、离东六十二街越来越远，一种异常的平静逐渐把她笼罩。当她终于到达巴黎时，她已经如自己所愿，变得十分强大、冷静和镇定了。

她见到了三个外孙，他们比照片上还要美丽，一个个就像天使一样。她对自己说，好漂亮啊。她每天带他们去散步，喂他们吃蛋糕，给他们买礼物，给他们讲动听的故事。

每个星期二，她都要给丈夫写一封信——写一封亲切的、唠唠叨叨的信——聊八卦，说闲话，最后的结尾总是“一定要按时用餐，亲爱的，我担心在我不在的这段时间里，你可能不会好好吃饭”。

六个星期过去了，她不得不回到纽约，回到丈夫身边。大家都感到依依不舍，只有她自己好像并不难过。令人惊讶的是，她似乎不像人们以为的那样黯然神伤，当她跟他们吻别时，她的行为态度以及她所说的那些话，似乎暗示着在不太遥远的将来，她还有可能回来。

不过，作为一个忠诚的妻子，她一天也没有多待。来到巴黎整整六个星期之后，她给丈夫发了封电报，登上了返回纽约的飞机。

到了纽约的机场，福斯特夫人饶有兴趣地观察到并没有车来接她。她或许暗暗感到有点好笑也未可知。但是她出奇地平静，对那个帮她把行李搬进出租车的脚夫，她并没有多给小费。

纽约比巴黎冷，街道的排水沟里堆着肮脏的残雪。出租车在东六十二街的那座房子前停住，福斯特夫人请司机帮她把两个大箱子搬到台阶顶上。她付钱让他离开后，按响了门铃。她等待着，但无人应答。为了保险起见，她又按了一次，可以听见铃声在房子后部的食品储藏室里刺耳地响着。但仍然没有人来开门。

于是她掏出钥匙，自己把门打开了。

她走进门，第一眼看到的是地板上有一大堆邮件，都是塞进邮箱后掉下来的。房子里昏暗、阴冷。那台老爷钟上仍然盖着防尘布。虽然阴冷，气氛却是出奇的压抑，空气里有一股淡淡的异味儿，是她以前从未闻到过的。

她快步走过门厅，往左一拐，绕到房子后部，消失了一会儿。这个行为有一种深思熟虑的意味，目的性很强，她那样子似乎是去调查一个谣言或证实某种怀疑。几秒钟后，她回来了，脸上隐约闪烁着一丝满意。

她在门厅中央停了停，似乎在考虑下一步该做什么。突然，她转过身，穿过门厅，走进丈夫的书房。她在桌上发现了丈夫的地址簿，在里面查找了一会儿，然后拿起电话，拨了一个号码。

“喂。”她说，“请听我说——这里是九大道东六十二街……是的，没错。您能尽快派个人过来吗？是的，好像是卡在二楼和三楼之间了。至少指示灯上是这么显示的……现在就来？哦，太感谢了。要知道，我的腿脚不太灵便，爬不了太高的楼梯。真是谢谢您了。再见。”

她把听筒放回原处，坐在丈夫的桌边，耐心地等待着很快就会来修电梯的那个人。

首次发表于《纽约客》 1954.2.27

跟动物说话的男孩

作者 _ [英] 罗尔德 · 达尔　译者 _ 马爱农

产品经理 _ 陈悦桐　装帧设计 _ 肖雯　产品总监 _ 李佳婕
技术编辑 _ 顾逸飞　责任印制 _ 刘淼　出品人 _ 许文婷

营销团队 _ 王维思　魏洋

果麦
www.guomai.cc

版权合同登记号：图字：11-2021-150

图书在版编目（CIP）数据

跟动物说话的男孩 /（英）罗尔德·达尔著 ；马爱农译. -- 杭州 ：浙江文艺出版社，2021.11（2023.5重印）
ISBN 978-7-5339-6598-3

Ⅰ. ①跟… Ⅱ. ①罗… ②马… Ⅲ. ①短篇小说—小说集—英国—现代 Ⅳ. ①I561.45

中国版本图书馆CIP数据核字（2021）第153247号

责任编辑 金荣良
装帧设计 肖 雯

跟动物说话的男孩
［英］ 罗尔德·达尔 著 马爱农 译

出版 浙江文艺出版社
地址 杭州市体育场路347号 邮编 310006
经销 浙江省新华书店集团有限公司
印刷 北京盛通印刷股份有限公司
开本 880mm×1230mm 1/32
字数 150千字
印张 6.5
印数 27,001—32,000
版次 2021年11月第1版
印次 2023年5月第5次印刷
书号 ISBN 978-7-5339-6598-3
定价 45.00元